智斗猛兽

[美]威勒德·普赖斯 著

杰夫 译

北京出版集团
北京少年儿童出版社

著作权登记号
图字：01-2010-1123
TIGER ADVENTURE by WILLARD PRICE
Copyright © WILLARD PRICE, 1979
Willard Price, the Willard Price Logo and Hal and Roger are trade marks of Willard Price Literary Management Ltd, used under licence by Beijing Juvenile & Children's Publishing House Co., Ltd.
This edition arranged with Willard Price Literary Management Ltd through Big Apple Agency, Labuan, Malaysia
Simplified Chinese edition copyright @ 2023 Beijing Juvenile & Children's Publishing House Co., Ltd
All rights reserved.

图书在版编目(CIP)数据

智斗猛兽 /（美）威勒德·普赖斯著；杰夫译. —2 版. — 北京：北京少年儿童出版社，2024.1（2025.7重印）
（哈尔罗杰历险记）
书名原文：TIGER ADVENTURE
ISBN 978-7-5301-6554-6

Ⅰ. ①智… Ⅱ. ①威… ②杰… Ⅲ. ①儿童小说—长篇小说—美国—现代 Ⅳ. ①I712.84

中国版本图书馆 CIP 数据核字（2022）第 258048 号

哈尔罗杰历险记
智斗猛兽
ZHIDOU MENGSHOU
［美］威勒德·普赖斯 著
杰夫 译

*

北 京 出 版 集 团 出版
北 京 少 年 儿 童 出 版 社
（北京北三环中路6号）
邮政编码：100120

网　　址：www.bph.com.cn
北京少年儿童出版社发行
新 华 书 店 经 销
北京同文印刷有限责任公司印刷

*

880 毫米×1230 毫米　32 开本　6.375 印张　150 千字
2012 年 1 月第 1 版　2024 年 1 月第 2 版　2025 年 7 月第 3 次印刷
ISBN 978-7-5301-6554-6
定价：28.00 元
如有印装质量问题，由本社负责调换
质量监督电话：010-58572171

序 言

我们的脑袋是圆的,像个地球仪。而且每个人的脑袋里,可能会想到地球,它的体积有多大?年龄有多大?有哪些有趣的人和事?但对任何人来说,地球都是一个庞然大物,即使倾其一生,也不可能把它跑遍了。怎么办呢?有一个捷径,即看书,这叫作"秀才不出门,便知天下事"。如果你想了解地球上都有些什么新鲜事,特别是大自然中的新鲜事,我建议你看一看"哈尔罗杰历险记"。

威勒德·普赖斯先生出生于1883年,他是个幸运的人,一生中跑了77个国家和地区,包括我们中国,遇到过许多新鲜的人和新鲜的事。他又是一个愿意奉献、不甘寂寞的人,不想把自己的知识和见闻都烂在肚子里,于是便动笔写了一套书,献给全世界的孩子们。于是,在70多年前,就诞生了哈尔·亨特和罗杰·亨特两兄弟的角色。

哈尔和罗杰是约翰·亨特的儿子。约翰·亨特是动物博物学家,几乎跑遍了全球去了解和收集各种各样的珍奇动物。哈尔和罗杰不仅继承了老亨特的基因,而且也继承了爸爸的事业和兴趣。在老亨特的鼓励和安排下,哈尔和罗杰走南闯北,历尽危险和艰辛,从亚马孙丛林到南太平洋小岛,从非洲大陆到格陵兰冰原,从世界上第二大岛新几内亚到地球上最高的山系喜马拉雅山,从正在爆发的火山口到危机四伏的海底世界,足迹延伸到世界各地的各个角落。他们冒着生命危险,勇敢地追逐丛林巨蟒,制服热带巨蜥,巧捕非洲白象,激战北极之王北极熊,深入海底猎奇,大战庞然大物杀人鲸,不仅与凶猛的动物较量,还得与贪婪的人类争斗,常常是弹尽粮绝,走投无路,只能依靠自己的智慧和勇气,才能置之死地而后生。当然,不可能所有的人都像哈尔和罗杰那样,有机会到世界各地去旅游、探险。正因如此,所有关心地球和热爱自然的人,不妨都抽空看看"哈尔罗杰历险记"这套书,希望你能进入角色,设身处地,感同身受,与哈尔和罗杰一起,深入广袤无垠的大自然去畅游、搏击,追随那些曲折的情节,体验无数惊险的场面,肯定会使你深感刺激。而且,书中丰富的知识和简练的语言,也会令人受益匪浅,回味无穷。

最后,还要加上几句,就是关于亨特一家的事业。他们到世界各地去猎取和收集各种各样的珍奇动物,送到动物园和博物馆。一方面固然为人们休闲娱乐、观赏和了解地球上的各种动物做出了贡献,但是另一方面,他们也伤害了许多动物,伤害了大自然……

与70年前相比,人类现在更注重生态保护,对大自然和动物界的了解,都要客观而且深入得多了。但也产生了另外一种值得注意的倾向,就是一厢情愿地去和动物亲近,以至于有人和自己的爱犬亲吻,结果被咬掉了嘴唇。我们说,动物是我们的朋友,是指我们和动物同是生命世界之一员。但这并不意味着,我们就可以和北极熊拥抱,可以跟老虎接吻。动物就是动物,人就是人,即使地球上最最温和友好、亲切好奇的南极企鹅,当我想去摸它的脑袋时,它也会奋起反抗,摆出一副决一死战的架势。因此,我认为,人类和动物朋友的交往,应该是"君子之交淡如水",最好的做法就是不要去干扰它们,当然更不能去伤害它们。

位梦华
中国最先登上南极大陆的科学家之一
中国作家协会会员、中国科普作家协会会员
享受政府特殊津贴、有突出贡献的科学家

目录
CONTENTS

1 惊讶　　　　　　　　　　1

2 最凶猛的动物　　　　　　6

3 小蒂姆和"巨人"　　　　12

4 三个猎物　　　　　　　　18

5 嘲笑人的豹子　　　　　　24

6 顽皮的小熊猫　　　　　　33

7 大象脱缰　　　　　　　　38

8 大畜栏　　　　　　　　　43

9 孩子与野兽　　　　　　　50

10 "野猫"自残　　　　　　54

11 是朋友还是敌人　　　　　58

12 又一个"兽中之王"　　　63

13 狮子被盗	71
14 罗杰的老虎	79
15 罗杰进了拘留所	86
16 骆驼耶利	94
17 野猪的克星	100
18 深夜恶魔	105
19 狼和"狼狗"	112
20 水上之家	117
21 罗杰的野水牛	124
22 猴子报警	131
23 哈尔的懒熊	136
24 攀登	139
25 蝙蝠早餐	148
26 追踪可怕的"雪人"	155

27 雪崩	165
28 雪豹	172
29 白虎	179
30 "雪人"之谜	184
31 高山造就的男子汉	190
32 父子重逢	194

1 惊讶

罗杰盯着老虎,老虎也瞪着他。

那只老虎刚从树林里走出来,没想到会遇到一个人,不禁吃了一惊,站在原地不动了。罗杰更是惊得目瞪口呆。

好一个庞然大物!罗杰从来没见过这么大的老虎。从前他在非洲见过许多狮子,心想它们一定是猫科动物之王了。可眼前这只野兽似乎比那些狮子还要大一倍。14 岁的罗杰身材魁梧,体重 60 千克,而这只老虎看上去要比他重一倍多。

怎么办?他没有枪。他和他 19 岁的哥哥——身体更加强壮的哈尔一起来印度不是为了猎杀野生动物,而是为他们父亲的野生动物基地捉活些动物。但一个小孩子怎么能活捉这个凶猛的林中之王呢?

倒是那只雕像一样站在那里的斑斓猛虎要活捉罗杰了。

罗杰关于野生动物的知识很丰富,他知道如果他转身逃跑,那只巨兽转眼间就会追上来。

有生以来的 14 年间,他大都是和野生动物一起度过的。他的父亲——约翰·亨特在纽约附近的长岛有一个野生动物基地,里面养着各种各样的野生动物。约翰·亨特是一位动物博物学家,动物园在他那里可以得到从大象到老鼠几乎所有的动物。他住在长岛,他的两个儿子去世界各地帮他寻找他所需要的动物。

约翰最近的一封电报是这么说的:

> 虎,猫科动物中最凶猛的一种,当心别被咬伤。最容易找到的地方——印度、喜马拉雅山脉。我们还需要雪豹、喜马拉雅熊、印度象、犀牛、野猪、小熊猫、懒熊、吉尔狮、狼、鬣狗、水鹿①、印度野牛、膨颈蛇②。调查一下雪人的情况。你们以前干得不错。你妈妈和我都向你们问好。
>
> 约翰·亨特

现在——眼前就是一个他父亲最想得到的动物,一只老虎。罗杰和它近在咫尺,却束手无策。

忽然,他听到"砰"的一声,一支箭呼啸着飞过来,射进老虎的肋部,箭头上带着能使老虎睡觉的麻醉药。好样的哈尔——他终于动手了。

但老虎可没发现哈尔,它认为肋部的刺痛是站在它面前的这个家伙干的。随着一声怒吼,它向正想转身逃跑的罗杰扑去。

在罗杰成为它的早餐之前,麻醉药能起作用吗?

哈!一条河!罗杰冲到河边,一头扎到水里,向对岸游去。他要戏弄一下这只野兽。他知道,大多数猫科动物不会游泳,非洲的狮子就从不下水。老虎是猫科动物,理所当然不会游泳了。罗杰差点儿笑出声来。不管怎么说,他还够聪明,能想出这个逃命的妙计。

---

① 水鹿:产于印度的一种大鹿。——译者注
② 膨颈蛇:即眼镜蛇。——译者注

1 惊讶

但身后的水声是怎么回事?他向后瞥了一眼,忽然明白了,老虎喜欢水,它们是游泳能手。这只老虎更是技高一筹,在他后面紧追不舍,马上就能咬住他,把他拖到水里淹死,然后再拖上岸吃掉。

他爬上岸,一个"迎宾委员会"的成员正等着他。又是一只老虎!可能和第一只是一伙的。两只老虎!一只就够他受的了,何况两只呢!

第一只老虎刚从河里爬出来,像落水狗一样抖动着身子,弄了罗杰一身水。他急忙闪开,迅速跳到水里向回游去。

哈尔站在河边,还有四只虎崽。刚才和罗杰狭路相逢的是一只虎妈妈,也就是这些小虎的母亲。它之所以不立刻去追罗杰,是为了保护它躲在丛林里的孩子。当它们的母亲去追赶罗杰时,它们急得嗷嗷叫着从树林里跑出来。

哈尔把他的弟弟拉上岸。老虎没有跟上来,怎么回事?原来是麻醉药起作用了。在快游上岸时,它再也游不动了,头沉到了水里。几只小老虎发出哀嚎,它们的母亲马上就要被淹死了。

两个孩子齐心协力把沉重的虎头拉出水面,放在岸边,使这只"熟睡"的老虎能保持呼吸。几只小老虎立刻围上来,舔去母亲脸上的水珠。

他们的父亲约翰·亨特想要一只老虎。现在,一个"虎美人"已经到手了。

"卡车,"罗杰说,"把卡车开过来。"

但哈尔没有动。

"不,"他说,"我们不要这只,它的孩子们需要它。"

1 惊讶

"把这些虎崽一起带走。"罗杰建议道。

"它们太小了,"哈尔说,"在半路上就会死掉。"

罗杰失望了。"没关系,"哈尔说,"我们还会有机会找到我们需要的老虎的。咱们离它远点儿吧,我可不想在这儿等着这位女王陛下醒过来。"

他们退到树丛中观察着,直到这只虎妈妈逐渐清醒过来,和它的孩子们一起安全回家为止。

2

最凶猛的动物

一天早晨,哈尔和罗杰住所的门外响起了敲门声。

哈尔开了门。一个和他年龄差不多的年轻人说:"你是哈尔·亨特吗?"

"是的。"

"我叫维克·斯通。"

"请进吧,这是我弟弟,罗杰。"维克和他们握了握手。

"有人告诉我,你们两个人对动物很了解。我们今晚要开车兜兜风,愿和我们一起去吗?"

哈尔看了看罗杰,罗杰点点头。"好吧,"哈尔说,"晚上是观察动物的大好时机,它们在晚上会到路上来的。"

"太好了,"维克说,"这正是我们求之不得的,天一黑我就来接你们。"

一辆越野车——猎人们喜欢的一种英国产的大吉普车在夜幕降临后开来了。维克有两个伙伴,吉姆和哈里。这辆大吉普车坐五个人绰绰有余。

吉尔森林野生动物保护区坐落在世界最高的山脉——喜马拉雅山脚下。喜马拉雅山的最高峰是珠穆朗玛峰,海拔差不多有8844.43米。此时此刻,这些高耸的山峰依然沐浴在阳光下,但走在林中的小径上却像在钻地道。车灯打开了,雪亮的灯光足以

2 最凶猛的动物

使路上或路边的任何野兽暴露无遗。

"你们的枪在哪儿?"维克问。

"枪?"哈尔感到迷惑不解,"我想你知道,我们从来不带枪。"

"那么只有刀了?"

"也没有刀。"

维克停住汽车,"既没枪又没刀,你们怎么打猎呢?你们什么都没有吗?"

"只有这条套索。"套索整齐地绕成环状,挂在哈尔的肩膀上,"我们不是猎杀动物,而是要捕捉活的。"

"那不太危险了吗?"

"就算是吧,"哈尔说,"我最好解释一下。我们的父亲是动物博物学家,他派我们来捕捉老虎、雪豹、大象等动物,饲养在他的野生动物基地中,然后再送到动物园。"

维克把汽车启动起来,雪亮的光柱又开始四处反复地搜寻。

"看,一只白斑鹿。"罗杰喊道。白斑鹿是印度最美丽的一种鹿。吉姆和哈里立刻就开枪了,吉姆没有打中,哈里的子弹却打中了白斑鹿的左脸。受伤的野兽跳进了林中。维克继续向前开。

"等一下!"哈尔喊道,"你不准备去追它吗?你不能把一只动物伤得这么重就不管它了。"

维克笑起来,"要在森林里找到它不等于是大海捞针吗?"

第二个受害者是一只亚洲驼鹿。它站在路中间瞪着离它越来越近的灯光,它的四条细长的腿支撑着一个庞大的身躯,头上那美丽的鹿角,多枝而又平展,就像一个花冠。

由于想知道灯的后面是什么东西，它使足力气向汽车撞去。它的孤注一掷没能使汽车受到损害，自己却一命呜呼了。维克开车绕过它的尸体继续向前驶去。哈尔却感到很难过。

下一个被杀害的是一只龄猴①。

"你把你最好的朋友杀掉了，"哈尔说，"当猛兽临近时它会向你报警。因此，你不仅杀害了你的朋友，而且使那些依靠这只猴子的声音报警的人也面临着死亡的威胁。"

"噢，别说个没完，哈尔，我们出来是为了痛痛快快地捕猎，别扫我们的兴。如果你再这么干，我们就不带你了。"

"我正求之不得呢。"哈尔说。

一头野水牛出现了。多漂亮的一对牛角呀，足有两米多宽。三支枪对准了它，这只猛兽还没来得及向路边躲一下就倒地而亡了。

随后是一只斑斓猛虎。

"停在这儿，"哈尔说，"我想要这个。"

他开始下车。

"傻瓜，你疯了！"维克喊道，"别下车。"

"不管发生什么事都不要开枪。"哈尔说。

他从肩上取下套索。这时他离老虎大约有30米远，他向老虎走去。老虎正迷惑地盯着车灯。哈尔从灯光照不到的地方蹑手蹑脚地向老虎逼近。这只野兽的眼睛像十字路口的信号灯一样闪着绿光，可这并不是"放行"的意思。哈尔无声地向前移动着，

---

① 龄猴：一种长尾猿。——译者注

2 最凶猛的动物

尽力避免踏到会发出声响的树枝上。他把距离缩短到 15 米、12 米、10 米。老虎发现了他,咆哮起来,整个森林似乎都在发抖,但这并没有动摇哈尔的决心。他抖了抖套索,撒向空中,套索飞向虎头,不偏不倚地套在老虎的脖子上。哈尔把绳套拉紧,绳套上有一个结可以防止绳子套得太紧而把野兽勒死。

老虎发怒了,吼声震天。老虎的喉咙天生就是用来吼叫的。它狂跳着,翻滚着,左冲右突,企图咬断绳子,但这都是徒劳的,因为绳子芯是钢丝做的。老虎又是一次饿虎扑食,不是扑向站在阴暗处的哈尔,而是扑向亮着车灯的汽车。哈尔早就把绳子缠到一棵树上系紧了。老虎没扑到车上就落下来。哈尔跳上车,他们又向前驶去。

"我明天再来把它弄回去。"哈尔说。

又有两个猎物被残忍的花花公子们打死了。

就在这时,哈尔注意到一辆车从后面追了上来,驶到越野车的前面停在路中间,挡住了他们的去路。从车上跳下两个人,径直向驾驶员走去。

"躲开,"其中一个人说,"我来开。"

"你是谁?"维克问。

"警察。"

"你们要干什么?"

"别急,一会儿你们就知道了。"

两个小时以后,他们驶进了一个小镇,停在警察局门前。两个警察把他们带进去,让他们在警官面前站成一排,然后向警官报告这几个小流氓的罪行。

"小家伙们,"警官说,"我希望你们玩儿得很开心,因为你们再也没机会了。你们得为你们的所作所为付一大笔罚款,交不出罚款就别想出去。你们觉得你们是动物的主宰,实际上你们最无耻。如果动物会说话,它们也会诅咒你们的。它们会说,像你们这样的人比任何所谓的猛兽都更危险。你们凶暴残忍,你们是罪有应得的。"

三个小流氓被关进了一间囚室,而哈尔和罗杰却没进去。

"过来,"警官说,"到那里边去。"

"我们跟他们不是一伙的。"哈尔说,"我们一直在干我们的事——保护野生动物。我们从没开过枪,你看得出来我们根本就没枪。我们正在收集一些你们国家的珍奇动物运回国,让我们国家的人们也能观赏到它们。"

"有许可证吗?"

"有,"哈尔边说边从口袋里拿出一个证件,"这是新德里警察局局长签署的许可证。"

他把证件递给警官,警官皱起眉头不满地看着,哈尔注意到他把证件拿倒了。

"这是什么文字?"警官问道。

"它是用印度两种官方语言写的——印地语和英语。你英语说得很好,因此你一定能看得懂。"

"我能说英语,"警官说,"可我从没上过学,因此看不懂。我只认识我们自己的文字,你当然知道为什么印度会有1000多种语言,你应该带一份用吉尔地区的语言写成的许可证。我不知道这张许可证是真是假。"

2 最凶猛的动物

"你可以给在新德里的警察局局长打电话问一下,把我们的名字告诉他——哈尔·亨特和罗杰·亨特。"

"不行,"警官反对道,"你没看到现在正是深夜?他不会在办公室,他正在睡大觉。恐怕你们得在这里待到明天早晨。"

他转向一个警察,"先把这两个家伙关起来,明天早晨再说。他们不是什么好人,撒谎的技术也不高明。别把他们和另外几个可恶的家伙关在一起。"

这样,哈尔和罗杰就住进了一间属于他们自己的"豪华"的单间。蟑螂和跳蚤在他们身上爬来爬去,搅得他们整夜都不得安宁,好不容易盼到天亮,又等到太阳转到头顶上,警察局长大人才去上班。问明情况后,连早饭和午饭都没给吃,就把他们打发了出来。他们带着满身被蟑螂、跳蚤咬起的包,雇了两个人和一辆卡车,把那只十分疲乏的老虎运回去,装进他们早就准备好的用来放置野生动物的笼子里。他们有许多这样的笼子,希望能在吉尔森林区满载而归。

然后去吃午饭——不过最先受到招待的还是那只老虎。

3

小蒂姆和"巨人"

维克来了。他和哈尔站在一旁观看老虎独享它的美餐。它确实很漂亮。

"你认为'她'有多重?"

"这次应该是'他',"哈尔说,"我想会超过250千克。"

"哈尔,"维克说,"昨天晚上的事请您原谅。我不知道我自己是怎么搞的,我的确不是那种人。昨天晚上在监狱里给我的教训够深刻的,我永远也忘不了。那笔罚款数目大得惊人,现在我已经破产了,彻底绝望了。"

罗杰从屋子里走出来,看见维克,吃了一惊,他真不愿意再看到他。

"彻底绝望了,"维克重复着,"不过我想——我真不愿意提出这样的要求——你也许能借给我点儿钱,家里的支票一到我就马上还你。过不了几天支票就寄来了。"

罗杰开始摇头了。他十分了解他的哥哥,哈尔总是乐于助人。但他一定知道这个家伙是想不劳而获。

"你需要多少?"哈尔说。

"噢,一点儿就够。200元可以吗?"

罗杰的头摇得更起劲了。

哈尔拿出钱包,"要卢比还是美元?"

3 小蒂姆和"巨人"

"美元吧。我不知道卢比怎么用。"

哈尔递给他两张 100 元的崭新钞票。

"太感谢了,"维克说,"我会尽快还你的。那个警察说了你许多好话,他使我明白了我是误入歧途,干了错事。现在我要改过自新。我想也许我能帮着你们捉到你们想要的动物。"

"那太好了。"哈尔说,"这个任务很艰巨,我们确实需要帮助。你每抓来一只野兽,我付给你 50 美元。"

罗杰的头摇得像拨浪鼓一样,连脖子都摇累了。

"太好了,"维克说,"什么时候开始干?"

"现在就开始。"哈尔说,"但今天下午你得一个人干,罗杰和我需要加固一下这个笼子,使它能关得住这只最凶猛的野兽。我看到你带着枪呢,把它放到屋里去。"

"可我也许会用得着它。你知道——在万不得已的情况下。"

"如果你有枪,你就会不自觉地使用。记住,动物可没有枪。罗杰,把枪拿到屋里去。听我说,维克,我把套索借给你。"

"那很容易,"维克断言,"谁都会扔绳子。可干这件事儿需要用枪。"

"完全不是那么回事儿。"哈尔说,"谁都会扣扳机,但抛套索却需要一点儿技巧。而且不同的是,枪给你的是动物的尸体,套索给你的是活生生的动物。"

维克又发了一通牢骚后,就背着套索出发了。

这时,罗杰开始说话了。他带着 14 岁孩子的小聪明批评起比他大五岁的哥哥来:"你这个笨蛋,你再也见不到那 200 美元了。至于每只野兽 50 美元嘛,毛毛虫也能算野兽,如果他抓一

13

只来你也得给他50美元。"

"废话,"哈尔说,"你应该对人的本性多一点儿信任。不这么办,我们还能怎么样?罚款已经使他一文不名了。他得依靠什么活下去。我推测他是一个住在城市里的孩子,从来没有真正打过猎,需要有人教教他,看来你我得当他的老师了。"

哈尔说对了。维克从小在城市里长大,和其他生活在城市里的孩子一样,他渴望探险。他家住在俄亥俄州的克里夫兰,离西部储备大学很近。如果能把一个只在大学里度过四个月的人称为大学生的话,那么他也可以算个大学生了。在大学只待了一个学期他就忍无可忍了。他喜欢在威克公园湖畔漫步,穿过从学校延伸出来的小路,沿着一条林间小溪溯流而上,去欣赏希克高地的湖光山色。但这些还远远不够,他还想开阔眼界。因此,一天晚上,他自己动手拿了他父亲的钱,还想出了个理由:如果他继续上大学,同样会花掉他父亲一大笔钱,那么为什么不把这笔钱用在更能增长知识的旅游上呢?他留下一张字条说:如果他的父亲急切地希望再给他钱的话,就寄到印度新德里的美国大使馆,由那里转交。

然后他就出发了,一路搭车到了纽约,又坐救生艇偷偷地登上了一艘即将开往加尔各答的货船。他在印度到处流浪,最后来到了吉尔森林区,在那儿他买了一支枪,把自己想象成一个像吉姆·科伯特或欧内斯特·海明威一样伟大的猎手。而现在,他手里除了一条可怜巴巴的绳子外什么武器都没有了。

维克在森林里漫无目的地走着,他边走边想,为什么哈尔愿给他200美元,而且每抓住一只野兽还给50美元。他只顾胡思乱

3 小蒂姆和"巨人"

想,没留神差点儿撞到一只印度最大、最怕羞的鹿身上。他不知道那就是有名的水鹿。这种鹿把家安在 1200~4200 米的高山上,有时候到山脚下的吉尔森林里,躲在树荫下享受一会儿。

维克眼前的这只动物长着尖尖的角,黑褐色的皮毛,喉部覆盖着鬃毛,尾巴很长。

现在要有支枪就好了。他试着把套索扔了出去,但那家伙已经开始逃跑,绳子落在它的背上又滑了下来。

一只白斑鹿也随着水鹿一起跑了起来。维克认识白斑鹿,因为前一天晚上他曾打死过一只。两只鹿转过身,挑战似的看着给它们带来不愉快的人。两只鹿并肩站着,摆出一副同心协力对付侵略者的姿态。

水鹿像一匹马那么大,而白斑鹿却像一匹小马驹。维克还看到了第三只鹿,可这鹿比兔子还小。后来他才知道这是麝鹿。维克不知道它的学名,但他给它起了个名字,叫小蒂姆。

小蒂姆跑过去停在白斑鹿和水鹿的正中间,高大的水鹿低下头去舔它的小朋友的皮毛。

真是个千载难逢的机会!机不可失,总不会一个都套不住吧。维克抛出套索,希望能套在水鹿或白斑鹿的角上。至于小蒂姆,他根本就没放在眼里,它太小了,简直不屑一顾。

套索挂在一个树枝上,树上立刻传来咆哮声,维克抬起头,看到一只金钱豹正冲他龇牙咧嘴。它从树上跳下来,盯着维克。维克觉得他的末日到了。幸运的是,就在这时,水鹿叫了一声,金钱豹立刻转身去追那三只鹿。水鹿和白斑鹿跑得很快,而麝鹿却跑不动,因为杂草和它一样高。

水鹿回头看到它的小伙伴正在草丛中挣扎,这个"巨人"冒着葬身豹子爪下的危险,跑回去把小蒂姆衔在嘴里,和白斑鹿一起逃命了。

豹子尽管是野兽中最凶残的杀手,但却追不上鹿,它被远远地甩在后面。维克听到1000米以外豹子愤怒的吼叫声,因为它的猎物逃走了。

维克回到亨特兄弟住的小屋,向兄弟二人吹嘘了一通他是如何勇敢地面对三只鹿和一只金钱豹的。

"那么,我想你是不会把金钱豹抓来的,"哈尔说,"可你能弄回三只鹿来也是很了不起的。你把它们都装进笼子了吗?"

"不,"维克说,"我没把三只都带来。"

"那么,大概你把两只大个儿的抓住了。"

"没有。"

"太可惜了,"哈尔说,"不过你能把那只麝鹿捉住也不错。它跑不快,很容易被捉住。实际上它是三只中最引人注目的一个。它很特别而且很值钱,因为它的身材小得出奇。因此,我们必须祝贺你把世界上最奇特的鹿带了回来。你把它放在哪儿了,就是你所说的小蒂姆?"

"它也逃走了。"

"可是在石块和草丛中抓住它简直不费吹灰之力。到底是怎么回事?"

"大鹿跑回来把它带走了。"

哈尔和罗杰再也想不出该说什么好了。

天渐渐黑下来。维克回他的住处了。罗杰对哈尔有一肚子怨

3 小蒂姆和"巨人"

气,他责怪哈尔不该雇用这个愚蠢的城市叫花子。

进屋的时候,罗杰看到在黑暗的角落里有个什么东西在移动,好像是一条无毒的花蛇。蛇不大,还不到一米长。

"好,"罗杰想,"我得治一治他,我略施小计就会把他吓个半死。"

哈尔上床睡着后,罗杰提着蛇尾巴把蛇放到哈尔的床上。蛇喜欢待在温暖的地方,它紧紧地依偎着哈尔以取暖。

哈尔醒了,觉得有什么东西在他的肋部蠕动,他惊叫一声,把蛇扔到地板上。罗杰幸灾乐祸地大笑起来,笑得肚子都疼了。

"你那么喜欢动物,那只怎么样?"他说。

哈尔看了看那条蛇,脸都吓白了。

"别担心,"罗杰说,"它是无毒的。"

"无毒的?!"哈尔吼了起来,"那是一条眼镜蛇!"

"哎呀,我不知道。"罗杰赶忙道歉。他满以为哈尔会大发雷霆,可没想到他的耐性极好的哥哥只是把蛇装进一只麻袋里,并说:

"这很好。父亲交给我们的任务之一就是要捉一条眼镜蛇,谢谢你把它找到了。以后如果你再这么干,小心我敲掉你的脑袋。"

4

三个猎物

第二天一大早,罗杰、哈尔和维克又来到维克昨天白白放跑水鹿、白斑鹿和麝鹿的地方。也许动物们喜欢这个地方,还会再到这儿来。

哈尔一眼就看到了树上挂着的绳子。

"那不是我的套索吗?维克,你昨天怎么没把它带回家?"

维克瞪着套索,仿佛从未见过它似的,"我忘了,也许我太紧张了。当时有一只豹子从树上跳下来,我怕它追我。"

"好了,今天不会有什么豹子了,你可以轻松地待在这儿。听,我断定它们快来了。它们留恋这个地方,要保持安静,别把它们吓跑了。"

水鹿在前面开路,白斑鹿跟在后面,随后是小蒂姆——那只小麝鹿。它用它那小小的脑袋拱开杂草,在它的大朋友旁边推开一条路。

维克说:"它们看到我们不会逃跑吗?"

"我想不会的,"哈尔说,"鹿对人很友好,就像海豚会追随着船游动一样,它们喜欢人。除非它们看到枪,否则是不会躲避人的。"

哈尔把套索从树上拽下来,但又产生了一个问题。如果把水鹿套住了,那么另外两只就会因受惊而逃走。他盘算着怎样一下

4 三个猎物

把三只鹿都捉住。

这些动物的行动帮他解决了这个难题。鹿不仅对人很友好,它们彼此之间也很亲热。胆小怕事的白斑鹿和水鹿紧靠在一起,它们抬起头来,两张脸就贴到一起了。哈尔的套索飞过去正好把两个头都套住了。

"我们该把卡车开来。"维克说。

哈尔答道:"没必要。别出声,让它们慢慢习惯这条绳子。"

对维克来说,一动不动地站着可太难了。他紧张极了,心脏像被大锤敲打一样怦怦地跳着。他想跟哈尔说句话,可哈尔用手把他的嘴堵住了。他们就这样坚持了足足15分钟。

那只麝鹿呢?它还在和杂草搏斗,直到它挣扎着来到它的大个子伙伴身边。

三个年轻人像周围的树一样静静地站着。

随后,哈尔开始小心翼翼地拉绳子。开始时,两只鹿还想反抗,但绳子拉得又轻又慢,以至它们根本就意识不到会有什么伤害。因此它们向前迈了一步,接着又迈了一步。不久,它们就大摇大摆地缓缓向前走去了。

罗杰抱起麝鹿把它装进自己猎装上的一个大口袋里。

"太好了,"哈尔说,"那个小家伙是最难得的。我敢打赌,它值500美元。据我所知,世界上还没有一个动物园有麝鹿。如果哪个动物园买了它,一定会游客盈门的,大家都希望一睹世界最小的鹿的风采。"

500美元!维克眼前猛然一亮。如果有500美元,他什么事情不能干呢?

他们前面的一丛灌木忽然活了起来,一部分灌木开始移动。谁见过会走路的灌木呢?可眼前这丛细枝正在从容地穿过小路。

眼前这不可思议的景象吓得"胆小鬼"尖叫了一声,"胆小鬼"是哈尔和罗杰偷偷地给维克起的名字。那一丛细枝大约有半米长。

"别挡它的路,它不会伤害你的。"哈尔说。

"这是什么?""胆小鬼"结结巴巴地问。

"豪猪。"

那些像细枝条一样的东西是豪猪的刺。它们长在背部,把身体从头到尾盖得严严实实。它的末端像针一样尖利。

维克由于怕被它扎着,就从一边绕到它的身后,正对着针尖。

"噢不,别站在那儿,"哈尔喊道,"它的身后才是真正的禁区呢!"

"你想骗我,"维克说,"我在这儿很安全。"

"不安全。你再不躲开它就要攻击你了。"

"谁听说过一个动物会向后攻击呢?除非它转过身来,头冲着我。"

"你一点儿都不了解豪猪。我警告你,快到它前面去!"

"你以为你能愚弄我?"维克发火了,"我在这儿很安全,我就不走。"

忽然,豪猪以闪电般的速度向后退去,它的刺穿透了维克的裤子,深深地扎进他的腿里。维克的尖叫声在1500米之外都能听到。

4 三个猎物

心满意足的豪猪跑进灌木丛中不见了,把十几根刺留在了维克身上。

"瞧,"哈尔说,"现在你该明白我没骗你吧。"

维克大声号叫道:"快把这些刺给我拔出来!"

"躺下,让我试试,"哈尔说,"但拔出来的时候比刺进去时还疼。"

"为什么?"

"因为每根刺的末端都有一个小钩子,就像鱼钩一样,拔出来的时候会把你的肉钩破。但又不能让它们留在里面,这些东西很不干净,会使你得坏疽病,那样的话,医生就得把你的两条腿都锯掉。"

这可怕的预言着实把"胆小鬼"吓了个半死。

"两条腿!"他干号着,"我干吗要来这个国家,这儿只有谋杀和病毒。"

"别忘了,"哈尔说,"你也犯了许多谋杀罪。想想那些可怜的动物,有多少死在你的枪下,而你杀死它们只是为了一时痛快。"

"这全是你的错,"维克喊道,"如果你不雇我,我就不会落到现在这个下场了。"

这话听起来让人好笑,维克自己也明白,哈尔不用多费口舌。

"好了。"他抓紧一根刺使劲拔了出来。维克的吼声简直让老虎都自愧不如。

每拔一根刺都伴随着一声号叫。刺的钩子不仅划破了维克的腿,还把他的裤子扯得破破烂烂。等到刺被拔完后,哈尔脱下自己的衬衫,撕成两半,把维克的两条腿包扎起来。血止住了。

"等一到家我就用消毒剂给伤口消毒,我想很快就会好的。起来,咱们回去吧。"

可维克一点儿也动不了,他甚至连试一下的勇气都没有。自然,他把自己所受的痛苦都归罪于哈尔了。

"我去开卡车。"罗杰说。

"还有一个更简便的方法,"哈尔说,"把他放在那只水鹿背上。"

那只水鹿耐心地等着他们把维克放到它的背上,他的头低垂在一侧,脚在另一侧。

他们回到了自己的小屋。维克被抬了进去,小麝鹿也被带了进去。哈尔和罗杰又出来把两只大鹿关进了同一个笼子,他们知道把两只鹿关在一起,它们会更幸福的。

然后,他们给维克敷上抗菌药,让他留在屋里养伤,直到他能走回自己的住所为止。接着,哈尔和罗杰走出屋来给两只鹿准备美餐。

维克注意到那只麝鹿,罗杰已经把它从口袋里拿了出来,此时它正在屋里踱来踱去。一只动物值500美元,他心里一阵高兴。他把小麝鹿抱起来放进自己口袋里。心想最好赶紧溜之大吉。有价值500美元的东西在口袋里,他的腿也不那么疼了。

他溜出亨特的小屋,穿过树林,走到自己的住处。他的朋友,吉姆和哈里都在那里。他炫耀起他的宝贝来。他们长这么大还没见过这样的动物。像是个玩具——长得和鹿一模一样,但身

4 三个猎物

材只有小猫那么大。

"正因为这样,它才引人注目,"维克说,"它能值500美元,我会给你们每人100美元,剩下300美元归我。这500美元够咱们痛痛快快玩一阵子了。"

"到监狱去玩儿吧,"哈里说,"我们在那儿都得玩儿完。那就不是一晚上的问题了,要关我们好几个月。"

随着一阵急促的敲门声,哈尔走了进来,"你看到——噢,在这儿呢。它怎么会到这儿来呢?"

"是这么回事,"维克想了半天才说,"你不在屋里,我怕它自己溜出去走丢了,就把它带到这儿,等你们一有时间照顾它,我就还给你们。"

"你真是太好了。"哈尔说,他已经猜到了事情的真相,但不想捅出来。"你的腿怎么样了?"他问。

"疼得像火烧一样,一定是你放的抗菌剂引起的。"

哈尔想,这家伙说话总是那么令人讨厌。

"好,不管怎样,"他大声说,"谢谢你照看着小蒂姆。"然后抱起小蒂姆走了。

5

嘲笑人的豹子

孩子们捉住的大水鹿像一匹高头大马一样棒。

它是一种半驯服的动物,以前曾被住在山坡上的谢尔巴人①驯养过,就像拉普兰②人使用的驯鹿一样。

水鹿驮着维克显得毫不吃力,因此哈尔想试试能不能把它当马骑。

他把水鹿从笼子里拉出来,既没有鞍子,也没有缰绳。他爬上鹿背,抱着鹿的脖子,用脚跟轻轻地磕了一下鹿身,鹿居然开始走了,他不禁大喜过望。

可怎么让它转弯呢?他刚好能够到鹿头,发现向一边拍一拍鹿头,他的坐骑就会转弯。练习了几天后,他几乎成了"驯鹿大师"。

一种人和动物的感情渐渐建立起来了。

一天,当哈尔正在穿过树林时,一个人挡住了他的去路,这个人是吉尔森林区外面不远处一个大村子的村长。

老村长泪流满面。

"我的老婆和女儿刚才被一只豹子咬死了。这个恶魔在过去

---

① 谢尔巴人:喜马拉雅山区尼泊尔一个部族的成员。——译者注
② 拉普兰:北欧地名,包括挪威、瑞典、芬兰北部一带。——译者注

5 嘲笑人的豹子

的两三年里已经咬死我们村里 525 个人了。"

"有人告诉我说,你和你的朋友都是优秀的猎手,能来帮我们杀死这只野兽吗?"

"我们会来的,"哈尔说,"我们很想弄到一只豹子——要活的,而不是死的。"

"你们不可能活捉它。"

"好吧,"哈尔说,"我们会见机行事的,一小时后我们就赶到。"

不到一个小时,哈尔、罗杰还有维克就踏上了去吉尔村的路。

哈尔骑着他的水鹿,为了方便起见,他叫它山姆。他知道山姆痛恨那些猛兽,因为那些猛兽对山姆和所有其他的鹿都不友好。虎和豹都知道鹿肉鲜美极了。

但有时候鹿也能战胜猛兽,它的威力无比的一踢可以击败任何它不喜欢的野兽。

哈尔骑着山姆,罗杰开着越野车。坐在车上的维克对这次探险一点儿兴趣都没有,觉得倒不如待在家里养他的伤。

到达那个村庄时,他们发觉村庄好像被遗弃了,街上只有村长一个人,还有一头牛和几只山羊。

"村里的人去哪儿了?"哈尔问。

"都躲在屋子里,他们不敢出来。快来,到我屋里去。"

在屋子里,他们见到了村长的儿子。他的妻子和女儿都已经被埋葬了,此时屋里显得很凄凉。

屋里还有一个怪人,正在用刀子把一块木头雕成豹子的形状。

"他刚来，"村长的儿子说，"他说能帮助我们。"

那个人转过身来鞠了一躬。"我是个魔法师，"他说，"我会把罪恶的灵魂从豹子的身体中驱除，把它的邪恶除去以后，它就不会再伤害你们了。"

哈尔问："你怎么才能把豹子的邪恶除去呢？"

"你们知道后就会觉得很简单了。"怪人说，"我把这块木头雕成豹子的形状，然后把它带到加德满都，放入恒河的一条支流里。河里流的是圣水，我将做一次祈祷，这样，圣水就会把豹子身体里的罪孽冲走。随着恒河把它那邪恶的灵魂带到遥远的大海里，它就不能伤害人了。我只要你们1000卢比。"

"1000卢比！"村长惊叫起来，"我哪儿有那么多钱！"他转向哈尔，"你要多少？"

哈尔大笑起来，"我一个卢比都不要，我只想要那只豹子，我想把那只豹子带回国，在那儿教教它怎样懂礼貌。那只豹子身上根本就没有什么邪恶的灵魂，它只是想弄点儿吃的。如果把它喂饱了，它就不会吃人了。"

"我不相信你会成功，"村长说，"但由于你不要钱，所以我想让你先试试，如果你失败了，我挖地三尺也要给这位魔法师大人凑足1000卢比。"

"听！"村长的儿子说，"豹子又在抓各家的门了，难怪人人都胆战心惊。但愿我们的门上了锁。"

"已经锁好了。"村长说，"它正在抓门，不过它进不来，我们在这儿平安无事。"

5　嘲笑人的豹子

豹子停了下来，发出一连串咳嗽似的声音，像一个人在笑："哈——哈——哈。"

"它在嘲笑我们。"村长的儿子说，他被吓坏了。

"别怕，"他的父亲说，"它进不来。"

"哈——哈——哈！"豹子又在笑。现在它不抓门了，但传来一种新的声音，豹子顺着树枝和泥抹成的墙爬上了屋顶。怎么办？想把屋顶锁住可是办不到的。他们头顶上又响起了用爪子扒房顶的声音。房顶并不结实，是用树枝、灌木枝搭成的。

那个孩子吓得脸色煞白，维克躲到墙角去了，就连那个魔法师也被吓坏了。他拾起刚才一直刻个不停的那根木棒，准备在豹子跳下来时给它重重的一击。

一束阳光从房顶射了进来。洞口越来越大，哈尔赶紧跑过去把门打开。豹子跳下来了，一大堆树枝也随之落了下来。

豹子站在屋子中间一边环视着四周，一边发出似笑非笑的咳嗽声："哈——哈——哈。"

魔法师挥舞着那个像圆场棒球①球棒似的木豹子，没有击向豹子，却响亮地打在哈尔的脸上。

情况对豹子很有利，它感谢哈尔给它留出了一条退路。可它不会空腹而归，它一口咬住了村长的儿子跳到门外。跑出几十米后，把那个年轻人放下，又开始大笑："哈——哈——哈。"

豹子好像在和他们开玩笑。哈尔提着魔法师的假豹子，罗杰拾起房顶上掉下来的一根大木棍冲了出来，向豹子扑去。这时，豹子

---

① 圆场棒球：一种类似棒球的英国游戏。——译者注

已经止住"笑"声,咆哮起来,吼声如此之大以至于整条街上的房门都打开了,人们纷纷探出头来想看看出了什么事儿。豹子逃进了树林里,那个孩子一瘸一拐地走回屋里。他受了伤,但不重。

维克从角落里爬了出来,挺起了胸膛。

"好家伙!我们把豹子吓跑了,我们给了它应有的惩罚。"

其实,他一直躲着什么也没干。"我打赌它不会再来了。"维克像只孔雀一样神气活现,尽情地享受着门口的人向他投来的敬佩的目光。他成了一时的英雄。

"我什么都不怕。"

"得了,别说了。"哈尔说,"留着点劲儿对付那只豹子吧,它还会来的。"

"它再也不会来了。"维克又重复了一句。

维克的话音未落,豹子就回来了。这次,它选中了那个胸脯挺得最高的家伙做它的美餐,径直向维克扑去。维克则直奔一棵大树,他爬了大约5米后停了下来,觉得在这儿该没事了,可他不知道豹子是最优秀的爬树能手。

"哈——哈——哈——"豹子在嘲笑他,并开始向树上爬。维克又急忙向上爬去——大概有6米高了。豹子几乎咬到了他的脚。维克越爬越高,一直爬到树顶上。豹子在他下面不远处停了下来。它对树很了解,喜欢把它抓住的猎物拖到树顶上以避免其他饥饿的动物和它抢食。它的力气大得惊人,可以把比它还要重一倍的东西拖到树上。

但它深知它那100千克的体重会把树枝压垮,因此就不敢向上爬了。

5　嘲笑人的豹子

它在那里守株待兔，早晚它的晚餐会自动送到嘴边的。对豹子和树上的人来说，这段时间都显得太长了。哈尔和罗杰不断用石块猛砸那只野兽，希望把它激怒而爬下来，可惜无济于事。石块砸在豹子强壮的背上弹了下来，没能把豹子怎么样，却使哈尔和罗杰手忙脚乱。有几次，落下来的石块重重地砸在他们头上，而上面的野兽却不时发出阵阵嘲笑声。

夜幕开始降临了，维克的胸脯再也挺不起来了。他又开始发牢骚，和往常一样，他把责任都推到哈尔兄弟俩身上。他得在这儿待整整一晚上吗？豹子是不在乎的——它捕食大都在晚上进行，早晚它的可口的美餐会自动落到它嘴里的。

罗杰忽然想出了一个好主意，"我去把网拿来。"他跑到汽车旁把网拖了过来。

"好主意。"哈尔说着，和村长一起把网拉了起来，离地面有一米多高。

他示意维克："跳！"

可维克没有跳，"别骗我，会把我的头摔碎的。"

"跳，我们接着你呢。难道你愿意在树上过一夜吗？"天越来越黑，不一会儿，维克就看不见网了。最后，他终于鼓起他那一点儿可怜的勇气跳了下来，落到网上后弹起老高。他想，这回又要落回树顶上了。然而并非如此，他还是又回落到了网上。躺在那上面挺舒服，就像弹簧床一样。

可这时豹子也正从树上往下爬。

哈尔不见了，在豹子落到地上的一刹那，他牵着山姆赶到了。山姆立刻施展起对付猛兽的绝技来。它飞起一脚，狠狠地踢

5 嘲笑人的豹子

向豹子,豹子疼得抽搐起来。山姆又用另一只脚踢了过去,那只凶猛的豹子翻了个身,躺在地上不动了。

"快,"哈尔说,"用网缠住它,装在汽车的货仓里。"

"谢谢你们把它杀掉了。"村长说。

"它还没死,"哈尔说,"我们把它装进笼子后,它会像平时一样活跃。"

豹子被抓住了!这个消息很快就传遍了全村,人们纷纷跑来向这几个少年致谢。维克对这些祝贺的话更是来者不拒。

"没什么,"他说,"小事一桩。不管什么时候需要我们帮忙,跟我们说一声就行了。"

哈尔打断了他的话:"没时间说了,我们得在它醒过来以前把它装进笼子里。"

当他们赶回住处时,豹子还昏迷未醒。他们取下网,把豹子巨大的身体推进一个笼子里。豹子醒来后,发疯似的想把铁棒弄断,但毫无用处。

直到给它扔进一块肉,它才安静下来。怎么是凉的!它喜欢吃活的食物,又热又可口。但它为非作歹的日子已经过去了,再也不能伤害村民,也不能发出嘲笑的"哈——哈——哈"的声音了。

天一亮,哈尔和罗杰顾不上吃早饭就跑出来观赏他们的新猎物。

豹子和它的邻居老虎正在低声地交谈。不过它们可不是在谈情说爱,这两种动物谁也不爱谁。

老虎有理由对自己金黄色的皮毛上那漂亮的黑色条纹感到自

31

豪。而豹子身上却长满了花——至少看起来像花，自然学家管它叫玫瑰花饰，意思是像玫瑰花一样美丽。在这些玫瑰花饰的下面衬托着柔软的浅棕色的毛皮。

"多漂亮啊。"罗杰说。

"它既漂亮又凶猛，而且力大无比。"哈尔补充道，"猎手们把豹子称为印度丛林中最英俊的'美男子'。"

"可它脾气不好。"罗杰说。

"我想，一旦它喜欢上父亲那环境优美的野生动物基地，它的脾气会改过来的。而且任何一个动物园都会给这个'美人儿'以应得的优待。"

"对，"罗杰说，"不过我们得在维克把它偷走以前装上船去。"

哈尔笑了，"偷走一只豹子可不像偷走麝鹿那么容易啊。"

6 顽皮的小熊猫

6

顽皮的小熊猫

他们找到小熊猫的那天,天气晴朗。

"瞧!"罗杰说,"那边那棵树上是什么?"哈尔取出望远镜,对着那奇怪的、毛茸茸的球状物仔细观察了一会儿。

"我的天,"他说,"哥伦布发现了美洲新大陆,而你却发现了各个动物园都翘首以待的东西。那是只小熊猫。父亲早就说过想要一只,可我从没指望能给他弄到。"

"太好了,"罗杰说,"如果它那么难得,你为什么还不上去把它抓住?"

"我不想和你争功。是你发现了它,我亲爱的'哥伦布',你理所当然应该享有把它带下来的荣誉。"

罗杰冲他咧了咧嘴,"你真大方!你为什么不想碰它?它咬人吗?"

"你猜对了。小熊猫的牙齿像剃须刀一样锋利。"哈尔从口袋里掏出一段细绳,"用这个绑住它的嘴巴,这样它就不能咬你了——可它还有爪子。"他看得出他的弟弟有点儿害怕了。

"和你开个玩笑,"哈尔说,"你待在这儿别动,我上去把它捉住。"

"不关你的事儿,"罗杰说,"是我发现的,就得由我弄下来。"

这回哈尔高兴了,他正想锻炼一下弟弟面临困难时随机应变的能力。这并不难，罗杰继承了亨特家族的非凡的勇气。

他爬到树上。小熊猫缩成一团睡得正香。罗杰把它的嘴巴捆住了，却不知道怎么对付那又长又锋利的爪子，只好冒点儿险了。

罗杰抱着那只沉重的小熊猫开始往下爬，只能用一只手攀住树枝。如果小熊猫醒过来怎么办？它会挣扎、搏斗，用它那四组"剃须刀"抓他。

这时，他看到小熊猫的眼睛睁得又大又圆，原来它早就醒了，可它仍像在摇篮里一样悠闲自得。

绝大多数动物在这种情况下都会尖叫、挣扎，但这个家伙对人类还一无所知，它不知道人类会有多么残忍。

它抬起一只爪子，扯掉了嘴巴上的绳子，可它仍然没有咬人。动物和男孩的友谊马上就建立起来了。

罗杰抱着沉重的小熊猫平安地到了地面上，哈尔感到有点儿惊讶。

"友好的小家伙。"他说。

"不太友好，我的胳膊都快断了。"

"得了，你够幸运了，它还没发育成熟。如果它长大了，体重会超过50千克。瞧它这件红大衣多漂亮。这件大衣对它是必不可少的，因为它的家在海拔4000米高的山上，它到下面来是为了吃点儿竹笋。"

"别的东西都不吃吗？"

"不，作为正餐的最后一道菜，它喜欢吃昆虫，如黄蜂、蜜蜂、大黄蜂。它能一下子把这些昆虫咬死，使它们还来不及蜇它，就成了它的点心。"

6 顽皮的小熊猫

"我想叫它'彼得·潘'。"① 罗杰说。

哈尔抬起"彼得·潘"的前爪。

"瞧,这简直是一只手。除了猴子之外,几乎所有的动物都没有拇指,这只小熊猫却可以用它的拇指和类似手指的东西抓住任何物体。试试不用拇指去抓东西,你就会发现用拇指时动作协调得多。把它放下吧。"

"它会逃跑吗?"

"不,它不会跑,它喜欢你。"

被放到地上后,"彼得·潘"向四周望了望,似乎是在决定该干什么,然后又顺着罗杰的腿爬到了他的怀抱。

它就这样被抱回了家。孩子们没把它关进笼子,而是允许它在屋里屋外自由自在地玩耍。

它的生活除了吃就是玩儿。

"它是个小丑儿。"哈尔说,"你还记得马戏团的小丑儿吗?对,'彼得·潘'是动物界的小丑儿。"

小丑儿"彼得·潘"诡计多端,它光临亨特宿营地的消息很快传开了,远远近近的人们都来看它的表演。

"彼得·潘"既像狗熊,又像浣熊。说它像浣熊,是因为它聪明伶俐;说它像狗熊,是因为它身怀各种各样的绝技。不同的是狗熊需要经过训练才能表演,而小熊猫生来就会。

"彼得·潘"的第一次探险是爬上关押豹子的笼子,这可把那只漂亮的豹子激怒了。当豹子发怒时,尾巴会竖得像桅杆那

---

① 彼得·潘:著名童话《彼得·潘》中的主人公。——译者注

么直。

　　豹子的尾巴尖露出了笼子,被"彼得·潘"狠狠地揪了一下,于是它从那位脾气暴躁的美人儿那儿听到了一声大得惊人的怒吼。

　　现在,"彼得·潘"又跳到了关押"百兽之王"的笼子上。那只老虎太大了,"彼得·潘"一伸手就够到了它的尾巴,捏了一下。老虎没有叫,只是发出满意的哼哼声,不过这声音大得就像几十只家猫一起哼哼一样。

　　哈尔冒了个险。他把笼门打开一条缝,让"彼得·潘"挤了进去。老虎会不会发怒?

　　小到老鼠,大到水鹿,几乎所有的动物都是老虎的食物。但这只老虎刚吃饱,很喜欢这个圆滚滚、漂亮的小丑儿来拜访它。它用舌头舔着"彼得·潘"毛茸茸的身体,就像对待自己的孩子一样。

　　"快把它放出来,"有人喊道,"它会被吃掉的。"

　　但是这只兽中之王并没有伤害它之意。它让"彼得·潘"爬到自己的背上,当"彼得·潘"顽皮地抓住它的耳朵时,它也毫不反感。

　　"小丑儿"开始在虎背上散步了,它从一头走到另一头。老虎似乎由于有了伴儿而感到很高兴。

　　"小丑儿"还表演了许多其他节目。它从虎背上跳下来走到门口,哈尔把它放了出来。

　　"小丑儿"立刻向一个长着长长的连鬓胡子、戴着帽子的老头儿做"自我介绍"——它抢过帽子戴在了自己头上。

　　然后它又跳到一个妇女的头上,把她的假发揪了下来,放到

6 顽皮的小熊猫

帽子上。

从它干的这些事儿看起来,它更像只浣熊。浣熊像猴子一样淘气,像狐狸一样聪明。"彼得·潘"和它们一样,也是又顽皮又狡猾。

它像马戏团的小丑儿一样又蹦又跳,玩得高兴极了。

哈尔端出一碗汤和一只勺子,给"彼得·潘"示范了一下勺子的用法,就把勺子递给了它。这下小丑儿可为难了。小熊猫从来不喝汤,更不会用勺子了。

可"彼得·潘"是不会被难住的。它接过勺子,放进汤里,然后倒着拿了出来,使劲儿往嘴里送。

结果,它没有喝到多少汤,却引来了人们的一片笑声。

"现在,我把它最喜欢的东西给它。"哈尔说。

他把箭竹切成小块扔给"彼得·潘"。

"小丑儿"又表演了它是如何吃它最喜爱的食物——箭竹的。它仰面朝天躺在地上,把箭竹放在胸部,然后用非常像手的前爪一片一片地送到嘴里。人们都惊奇地看着这个动物嚼竹片。由于长着锋利的门牙和有力的白齿,"彼得·潘"不一会儿就把箭竹吃光,然后就缩成一团睡着了。

哈尔把它移开,把帽子还给了老头儿,把假发还给了妇女。

"表演太精彩了。"人们说。

"不要谢我!"哈尔说,"是罗杰把小熊猫抓住的。"

于是,所有的人都走过来向罗杰致意。然后,客人们一边说笑着、赞美着小熊猫的精彩表演,一边带着对罗杰的敬佩之情满意地回家了。

7

大象脱缰

维克自以为长得很英俊,整天缠着哈尔给他照相。

"我想骑着大象照一张。"他说。三个人现在正在阿布·辛柚木公司的一个柚木园里,观看大象把电线杆一样长的原木卷起来,放在象牙上,用鼻子卷住,举着它穿过木场,然后轻轻地放到一堆原木上。

当造船厂想用木头做船壳时,就会到这儿来买木料。这种木料可以使用很长时间而不腐烂。

西方国家里知道柚木的人并不多,但它在印度却随处可见,一直到海拔 1000 米的高山都有它的踪迹。这些原木顺流漂几千米就到了贮木场。印度人把柚木看作世界上最好的木材,甚至比菲律宾红柳、桉木都好。

大象正干活时,维克说:"要是让它躺下,我就能爬到它背上了。"

"它不是供乘坐的大象。"驱象人说,"它知道怎么运木材,可还从来没有一个陌生人坐到过它的背上。"

"好吧,"维克说,"那这就是第一次,我来教它。"

驱象人让大象躺在地上,维克马上爬到它那宽阔的脊背上。

"现在可以拍照了吗?"哈尔问。

"当然不行。我怎么能骑在躺着的大象身上拍照呢,让它站

7 大象脱缰

起来。"

大象站起来后,哈尔立刻按下了快门。照相机的咔嚓声和压在背上的沉重的东西使大象忍无可忍。它猛地转过身,冲出贮木场,顺着大街跑去。

奔跑的大象左摇右摆,特别是在没有鞍子的情况下,骑手要想坐在上面就更困难了。

维克紧紧抓住大象的胶皮似的耳朵,他后悔当初为什么要骑这头反复无常的野兽。

驱象人一边大声吆喝着,一边追了出来,但却追不上。维克骑在这个"丛林之舟"上,就像一个微不足道的小人儿坐在飓风中的甲板上一样摇晃着,随时都可能掉下来。

大象不懂交通规则,在大街上横冲直撞。这时,一辆福特汽车直冲它开来,喇叭按得嘀嘀响。起初,司机好像确信这座"肉山"会给他让路,等他发现大象没有丝毫让路的迹象时,已来不及刹车了。在最后一刹那,汽车一下子穿过一道栏杆,越过花园,冲进一个用箭竹做篱笆的人家,这才保住了他的性命和他的汽车。伴随着维克和大象的惊叫,屋里的人也发出惶恐的尖叫声。

一辆黄包车迎面而来,幸好,车上没有乘客。大象只用鼻子轻轻地卷了一下,车子立刻被卷进了路旁的水沟里,而拉车的人还在车把里没来得及跑出来。

大象的鼻子在空中疯狂地挥舞着,有时也会像章鱼的触角一样甩向后面的维克。大象的鼻子向后能够到多远呢?它能够用水冲洗自己的后背。维克担心他会被突然卷起来扔进某一家二楼的窗户里。

他们来到一个拥挤的十字路口。在路口中央的交通管制台上，一个警察正做出了停车的手势。

这只大象尽管在搬运木材时显得很聪明，却不懂这些手势。它发疯似的直冲了过去，汽车、人力车和马车都急忙闪开了路。警察气得吼叫起来，行人则被吓得尖叫着。

现在大象正驮着维克沿着一条河跑，它累坏了，该洗个澡了。

开始时水只有一米多深，维克并不在乎。可后来越来越深，最后连大象的后背都没进水里，维克浑身都湿透了。

大象有一招儿胜过维克——虽然身子在水下，却可以把鼻子伸出水面，照样轻松地呼吸。维克可没有这种能耐，他只能站在大象的背上，勉强把头伸出水面。

哈尔和罗杰顺着河岸追了过来。

"小心！"哈尔喊道，"你会被淹死的，快游到岸上来。"

"我不会游泳。"可怜的维克答道。

这时，大象及时地解决了这个难题，它上岸了。大象和它的骑手身上都覆盖了一层厚厚的淤泥，这是大象从河底搅上来的。

哈尔和罗杰跑过去想把维克扶下来，但他们还没来得及动手，大象就决定要冲掉身上的淤泥了。它把鼻子伸向后背，一股水流不仅喷射在它自己身上，而且把三个孩子也喷得落汤鸡似的。维克从象背上滑了下来，三个人站在一起，头发上、脸上、衣服上都淌着泥水，狼狈极了。

更糟糕的事情又发生了。由于小昆虫不断叮咬，大象又吸起

7 大象脱缰

沙子喷在自己身上来防御这些讨厌的家伙。当然,几个孩子也一点儿不少地得到了他们的一份。他们的头上和衣服上到处都沾满了沙子,看起来比任何时候都更糟糕。

驱象人赶来了,他几乎认不出这三个不成样子的流浪者了。

大象安静了下来,因为这时不仅没有人骑在它的背上,而且它还得到了驱象人的照顾。他们一起回到了贮木场。

"交100卢比。"驱象人说。

哈尔大吃一惊,"交什么钱?"

"你们骑象了。"

"但谁也没想骑。"哈尔反驳道。

"可你的朋友确实骑过了。"

哈尔不愿再争吵下去,他递给驱象人100卢比,然后说:"那么,你的大象给我们惹了这么多麻烦,你准备付多少?它差点儿把我的朋友给折腾死。它那么放肆而你却根本就管不了它,我们的衣服完了,恐怕再也不能穿了。"

驱象人大笑起来,"那是你们运气不好。"

"让我想想你该给我多少钱,"哈尔说,"我想大概100卢比比较公平合理吧。"

"你永远别想从我这儿拿到钱。"驱象人说。

"那好吧,"哈尔说着,瞟了一眼柚木公司的牌子,"我们把这一切都告诉你的老板,阿布·辛。"

驱象人立刻就不笑了,"噢,请别那么干,他会把我解雇的。给你们100卢比。"

他把钱递还给哈尔,三个孩子就回家了。

"他到底还是个不太坏的家伙,"罗杰说,"而且他的英语讲得很流利。我不明白为什么印度有那么多人讲英语。"

"没什么可奇怪的。"哈尔说,"英国统治印度长达 300 年之久。他们建立了几百所学校,教授英语和印地语。现在英国人走了,可在印度还教授英语。"

"为什么?"

"因为英语是一种世界性语言,印度想赶上世界前进的步伐。"

8 大畜栏

贮木场是怎样得到大象的呢?

哈尔和罗杰今天就要把这个问题搞清楚。

生活在吉尔森林区的野象从未见过贮木场。它们要先经过训练,然后再卖给像柚木场场主阿布·辛这样的柚木大王。

成百上千的狩猎者走遍整个吉尔森林区来寻找野象,然后他们敲着锣把大象赶出森林,将它们赶到一个早就建好的巨大的畜栏中。畜栏周围是一圈栅栏,不过这可不是一般的栅栏,否则大象不费吹灰之力就能把它毁掉了。这个栅栏是由许多巨大的原木组成的,每根原木都有几十厘米粗。

背上驮着驱象人的那些被驯服了的大象,会帮着把野象赶进畜栏中。

哈尔和罗杰想要看看它们的精彩表演。

有些驱象人对他们的动物很不友好。罗杰看到一个驱象人正在用尖利的棒子刺他的大象。他不停地刺,直到把大象激怒。于是大象翘起鼻子,缠在驱象人身上,把他猛地扔在地上。

驱象人的脑袋碰在一块石头上,像死人一样躺在那里。罗杰把哈尔叫了过来。

"看看能帮这个残忍的家伙干点儿什么。他一直在折磨大象,现在得到报应了,他大概死了。"

哈尔弯下腰检查了一下失去知觉的驱象人。鲜血从他受伤的头部流了出来，但哈尔注意到那个人还有一口气。

"我送他去医院。"

两个人把驱象人抬起来放到汽车的后面，哈尔把车开走了。

那只大象很紧张，它知道自己闯祸了，害怕受到惩罚。它像喇叭似的高声叫起来。罗杰把手放在大象的脖子上，一边轻轻地抚摸，一边说着安慰的话。

"好啦，好啦，没关系。你做得对，别担心，他再也不会刺你了。"

尽管大象不明白罗杰的话，但它懂得了罗杰的抚摸和他那温和的声音。他是朋友，于是它停止尖叫，迈着沉重的步子走来走去。它从头到脚打量着罗杰。是的，这个人值得信任。它用鼻子把罗杰卷起来放在自己的背上。

现在，罗杰变成驱象人了。他并不太了解这一行，可他听说过，只要用脚尖碰碰大象脖子的一边或另一边，大象就能按你的意图行动了。

人和兽一起漫步了，他们都感到很满意。罗杰开始寻找野象，以便把它赶进畜栏里。

但事情对年轻的驱象人来说并不是一帆风顺的。越过一个和大象一样高的土坡时，他忽然意识到有什么东西跟着他。一声低吼表明那东西已经从土坡上跳到大象的背上——大概是一种喜欢吃象肉的动物。罗杰回头看了看，但在阴暗的密林里，他几乎分辨不出这个"新伙伴"是虎还是豹。一束阳光从树的缝隙中透过来，这才看清了，他的"客人"是一头大棕熊。

8 大畜栏

他父亲曾要求他们捉一头喜马拉雅熊,这只正好送上门来了,只是它来得太不是时候。罗杰怎样才能把它弄回家关进笼子呢?再说,这只熊会有那份儿耐心吗?

"不会那么耐心的。"罗杰想,"如果那声吼叫意味着……"他感到毛骨悚然,好像熊立刻就会扑来向他进攻。

但熊也有自己的难处,它不习惯骑大象,大象摇摇摆摆地使它站不住。它的爪子扎进大象那厚厚的皮肤里,吼声变成了咆哮声。

罗杰掉转大象向家里跑去。他也不知道到家后再怎么办。幸运的是离家还不到500米,不一会儿他们就在笼子边停住了。

他希望哈尔在家,这样就能帮着他一起把大棕熊关进笼子,但哈尔不在,只有维克一个人。他正按哈尔的吩咐给动物喂食。他看见了罗杰,随后又看到了罗杰身后那个巨大的棕色野兽,维克又要溜了。

"回来!"罗杰叫道,"回来,去把笼子打开。"

维克惊恐地瞪着棕熊,哆哆嗦嗦、战战兢兢地走回来。如果那头野兽再叫一声,他就会逃得远远的,再也不回来了。

"把笼门打开。"罗杰说,"把你刚才喂鹿的那种点心,统统放到笼子里去。"

维克按他说的做了,棕熊没有吼叫。它的视力不好,嗅觉却极灵,知道这儿有给它准备的早餐。它低吼一声表示胃口极好,从象背上跳下来进了笼子。

"关上笼门。"罗杰喊道。

笼门刚刚锁上,维克立刻像变了个人。

45

"是我抓住的,是我抓住的。你哥哥得付给我50美元。我冒着生命危险才抓住那只野兽的,50美元到手了!"

和往常一样,维克把功劳都揽到自己身上。

罗杰没有和他争吵,只是用脚轻轻碰了碰大象的脖子,回到了畜栏。

"你去哪儿了?"哈尔有点儿生气,"你难道就不能坚守你的工作岗位?"

"我刚才回家去了一下。"

"为什么要回家?"

"你回家后就知道了。"

聪明的大象听出来它的朋友受到了批评,便用鼻子把哈尔像举羽毛一样举起来,放进一个泥坑里。

哈尔回到汽车边,心想,世界上恐怕没有比大象的鼻子更有趣的东西了。

大象可以用它的鼻子呼吸、喝水,可以把水或沙子喷在自己身上,可以拿起树枝像苍蝇拍一样驱赶昆虫;它用鼻子还可以闻味,可以把食物卷起来送进嘴里;行走时可以拔掉灌木为自己开路,高兴时可以发出愉快的叫声,生气时可以发出愤怒的吼声;有敌情时它用鼻子拍打地面发出某种声音来吓跑其他动物,可以重创任何胆敢挡住去路的人或动物;甚至可以抓住老虎或其他敌人。更有趣的是,它可以用鼻子拥抱它的主人来表示高兴,也可以把哈尔扔进一个泥坑里。鼻子是大象最强有力的武器,也是最有用的工具。哈尔不明白那只大象为什么那样喜欢他的小弟弟,莫非是罗杰和动物有缘分,要不它们怎么会喜欢他呢?

8 大畜栏

随着一阵可怕的嘈杂声由远而近,猎人们赶着大象回来了。尽管大象个头儿很大,胆子却很小,很容易受惊。猎人们敲着锣、摇着铃、打着鼓、向空中放着爆竹,每个人还放开喉咙喊叫着,用这种方法把大象驱赶进畜栏。

当野象都进了畜栏以后,驯服的大象也被放了进来,每只大象背上都有一个驱象人。这些大象的任务是使野象平静下来,并对它们进行初步的训练。每只新到的野象都配备两只驯服的象,一边一只,把它紧紧地夹住,迫使它停止疯狂地横冲直撞,并逐渐认识到尽管已经被俘了,但日子还过得下去。在畜栏里和驯服的伙伴生活几天后,它就会逐渐平静下来。这时,即使驱象人骑到它的背上,它也不撒野了。在此基础上还要继续进行训练。如果驱象人经验丰富,过不了几天,"新手"就会变成"熟练工",并开始在许多贮木场工作。

在贮木场,它们很快就学会了每只搬运木材的大象都必须懂得的 27 个词,每个词代表一种动作。当然,大象不会说,但它们可以听。有点儿经验后,它们便可以准确地执行驱象人的命令了。同一个词必须总是代表同一个动作,如果你别出心裁,那大象就听不懂了。

从畜栏回到家后,哈尔看到被好端端地关在笼子里的喜马拉雅熊,不禁大吃一惊。

"你们是怎么把它抓住的?"

罗杰开始把事情的经过讲给哈尔听,但维克把他的话打断了。"真不容易,"维克说,"而且危险极了,可最后是我把它捉住了。给我 50 美元。"

哈尔看了看罗杰。罗杰只向他使了个眼色，什么也没说。哈尔立刻明白了，这一切几乎都是罗杰干的，而不像维克说的那样。但考虑到维克到现在还一无所获，可能会失去信心，所以哈尔还是把钱给他了。

从那以后，维克逢人就请人家来看那头熊，还向他们吹嘘自己是如何抓住这个魔鬼并把它关起来的。

有一次，罗杰把大象带回畜栏时，看到一只野象正狂暴地叫着、跳着。一只驯服的大象在它的一侧，但另一侧的那一只却不见了。

罗杰·亨特充当起临时的驱象人，骑着他的大象赶到了。两只驯服的大象把闹事的家伙紧紧地夹在中间，迫使它平静下来。

一个小时后，哈尔来了。"看起来你和你的大象感情挺深。"哈尔说。

"是的，"罗杰说，"我真不愿意离开它。"

"你用不着离开它，它是你的大象。起码在运回家给父亲以前是这样。"

"我的大象？可它不是我的。"

"我刚才去医院看望了那个驱象人，"哈尔说，"他把这头大象的主人的名字告诉了我，我立刻去他那儿把这头大象买下了。我记得父亲想要一头印度象，这头再合适不过了。因此，在我们回家以前，它是你的了。"

"可它一定使你花了一大笔钱。"

"不太多，而且父亲会把它卖个好价钱的。"

罗杰感激得说不出话来。"哈尔，"他说，"你真是个好人。

8 大畜栏

这个畜生曾经把你扔进泥坑里,这足以使一个人气得发疯,可你不但没生气,还干了这么一件大好事。"

"别说了。"哈尔有点儿不好意思。他向一个闲着没事的驱象人喊道,"过来帮帮忙,我们该回家了。"

把任务交给驱象人以后,哈尔爬上围栏,骑到他们的大象身上,坐在他弟弟身后,向家里走去。三个人,包括大象,都很满意。他们叫它"大力士帮工",并把它关进了笼子里。

"你得多跑跑腿,给它找吃的东西,"哈尔说,"'大力士帮工'一天要吃 300 千克的食物。"

9

孩子与野兽

可怕的印度野牛,它的名字与"力量"和"乖僻"可说是同义语。

这两个词形象地描绘了印度野牛的特性。它比野牛家族的所有其他成员都更加强壮有力,它反复无常,性情粗暴、古怪而且野蛮。

它有两米多高,长着两只朝上翘的犄角,每只都有近一米长,耳朵很大,以草、箭竹和各种树枝、树叶为食。

一个村长对孩子们说:"当一头印度野牛受到攻击时,它会用鼻子吸起一块石头,然后喷出去,力量大得足以要人的命。"

几个年轻人觉得这话有点儿言过其实,但他们不得不承认印度野牛是一个很难对付的家伙。

"如果它用角把你挑起来,"村长说,"不管你有多重,它都会把你带到几千米之外,然后把你扔到地上踩死。"

可父亲要求哈尔和罗杰捉一头印度野牛,而且他很想得到。但两个孩子怎么才能把这样一头难以对付的野兽抓住呢?

"从这儿到1800米高的山上到处都有它的踪迹。"哈尔说,"我们得开着车去,还得带一根带杆的套索。"

带杆的套索由一根长杆和绳套组成。如果顺利,就能用绳套套住粗大的牛犄角,然后开车把它拖回来,关到笼子里。

9 孩子与野兽

说起来很简单，但实际上他们会遇到很多麻烦。

他们开着车，一直转到太阳快落山时才发现了一群印度野牛，大约有十几头。他们选中了其中最大的一头，用杆子捅了捅它。印度野牛被激怒了，紧追着汽车跑。

哈尔开着车，罗杰拿着套索。他用套索套住了一只牛角，可又被它挣脱了。

那头印度野牛停下来，眼睛瞪着卡车，疯狂地吼叫着，然后向卡车撞去。

又大又硬的牛角撞在汽车上，一下就把汽车顶翻了，两个孩子被扣在下面。印度野牛以为卡车是活的，便一次又一次地向它撞去，把这个钢铁怪物撞得伤痕累累。

这时，它想起了向它挑衅的人，便开始四处寻找。它一边使劲地闻着，一边吼叫着，把两个孩子吓得浑身发抖。它一次又一次地用它那重达1000千克的身体猛烈地撞击卡车。

终于，汽车被翻了过来。两个坐在地上的孩子暴露无遗。

真是千钧一发的时刻！如果他们不立刻采取闪电般的行动，转眼间他们就会死于非命。

印度野牛向他们逼来，它的眼睛血红，吼声如雷。就在这时，两个孩子已迅速地爬上了卡车，它所能做的只是再给卡车多一点儿惩罚了。

哈尔把车开动起来。印度野牛在后面穷追不舍，它决意要把这个钢铁怪物和里面的两个人干掉。

有一种动物不怕印度野牛，那就是老虎。随着一声咆哮，一只被称为兽中之王的猛虎，跃过数米，紧紧地咬住了印度野牛的

51

脖子。

照理说，孩子们应该感谢老虎，可他们没有，他们不想要一头死印度野牛。

"用套索。"哈尔喊道。

罗杰抛出了套索，但忙中出错，绳套套在了老虎的脖子上。

在现在这种情况下，他们可不想捉一只老虎，而是要捉这头印度野牛。要是在其他任何时候，他们都会感谢这只老虎的帮助，而现在的情况却不同，罗杰拼命地拉着。老虎松开嘴，用两只前爪扯掉套在它脖子上的套索。它打消了抓一头印度野牛做晚餐的念头，偷偷地溜进了丛林中。

现在，这头印度野牛不仅已筋疲力尽，而且连平日的残暴劲儿也一扫而光。它没心思再追卡车了。

事情显而易见，老虎的牙齿深深地扎进了它的脖子，鲜血从伤口中涌了出来。

印度野牛回过头去寻找老虎的踪迹，这正是罗杰下手的好时机。就在它转过头去的时候，它的近一米的犄角和头全部进入套索，印度野牛就擒了。

脖子上又长又深的伤口疼痛难忍，它再也没有攻击卡车和两个孩子的念头了。

印度野牛耷拉着脑袋跟着车走，毫无反抗之力。

一个笼子对大象来说是小了点儿，但对一头印度野牛却正合适。他们已经为这头吉尔森林区的驼背的"恐怖分子"准备好了。

套索还留在它的脖子上，套杆还绑在索套上。"我们怎么才

9 孩子与野兽

能把它弄进去呢?"罗杰有点儿为难了。

"到笼子里边去,把套杆别在笼子后面,然后抓住套杆使劲儿拉。我在那儿帮你。"

罗杰按哈尔说的办法做了。然后两个人都绕到笼子后面,使尽全身力气拉起来。

那头野兽并不情愿进笼子,它先是反抗,然后才开始一步步向前移动。当它发觉自己已身陷牢笼时,为时已晚。罗杰跑回来把笼门锁上了。

"我们怎样把套索取下来?"罗杰问。

哈尔说:"就让它留着吧。当它发狂时,我们可以把绳套拉紧,这样它就不至于把笼子撞坏了。"

现在这头巨大的印度野牛可不想搞破坏,脖子上的剧痛使它再也打不起精神了。

"它脖子上的伤怎么治?"罗杰问。

"没关系,"哈尔答道,"血早就止住了,我可以在笼子外面给它的伤口注射一些消毒剂,老虎的牙齿大概不太干净。过不了几天,它就会痊愈的。"

10

"野猫"自残

一只奇怪的动物鬼鬼祟祟地在亨特的宿营地周围荡来荡去。它长着一身棕黄色的毛皮。

罗杰眼尖,首先发现了它。他向哈尔喊道:"你看那是什么?瞧它身上的条纹,像只老虎,你看它是只小老虎吗?"

"不,它是一只鬣狗。"

"你真笨,我们在非洲见过许多鬣狗,它们身上可没有条纹。"

"我知道,"哈尔答道,"但印度鬣狗有点儿特别,身上长条纹。爸爸正好需要一只,咱们抓住它。"

"它看起来有点儿像猫。"罗杰说,"过来猫咪,过来猫咪。不对,它更像狗。"罗杰又学起狗叫来。

"既像猫,又像狗,"哈尔说,"你就叫它咪咪狗好了。"

鬣狗开始"大笑","哈!哈!哈!哈!"然后,又用另一种声调唱道:"嘎啦!嘎——啦!嘎嗒!嘎嗒!嘎嗒!咕——嘟!咕嘟!"

接着,这位歌唱家又发出一种尖叫声,开始时较低,然后音调迅速提高,直到快把"听众"的耳朵震聋了才又回到低音。

罗杰向四周看了看,他不敢肯定所有这些声音都是这只野兽发出的。它能自由自在地控制自己的声音,使其他动物无法判断

10 "野猫"自残

它的位置。

"真是个稀奇古怪的家伙!"罗杰说,"它不只是一只'咪咪狗',它长着狗的面孔、狮子的耳朵、熊的身体、老虎的牙齿。它为什么不逃跑?难道它不怕我们?"

"它可能害怕,但它闻到了笼子里关着的动物的气味,看来它要对它们'下手'了。"

"可据我所知,鬣狗从不攻击活的动物,那些生活在非洲的鬣狗只吃动物的尸体。"

"这儿的鬣狗有点儿不一样,"哈尔说,"它们的胆子更大。我们做过客的那个村庄的村长说过,有一只鬣狗曾偷偷摸摸地溜进一间屋子,叼着一个婴儿跑了出去。那个婴儿使劲地哭叫着,鬣狗害怕了,便丢下婴儿逃跑了。母亲听见哭声后立即跑出来,把她的婴儿救了回去。"

哈尔回到屋里,取出了套索。他忘了关门,这只什么都像的动物从他的背后溜进了房间。屋里传来一阵令人难忍的噼啪声,他们进屋一看,鬣狗正在津津有味地嚼一只钟。那只钟再也不能报时了。鬣狗以它强有力的嘴巴名扬四海。把钟表嚼碎吞下去后,这只长着老虎斑纹的野兽又看中了挂在衣架上的哈尔最喜欢的帽子。它两条后腿着地直立起来,把帽子扯下来吞了下去。

罗杰忍不住笑了,哈尔却笑不出来。他抛出套索,然后把这只像疯子一样愤怒地尖叫着的野兽拉到屋外。树上的猴子惊叫起来,鸟儿也叽叽喳喳叫个不停。维克跑过来想看看到底发生了什么事,鬣狗一下子咬掉了他的一只鞋吃进了肚里。哈尔和罗杰一起把它往一个笼子里拉。经过一场搏斗,尽管他们身上伤痕累累，但总算把这只"疯子"关进了笼子。

"我真想不通父亲为什么想要这么一个可怕的野兽。"罗杰说。

"不是他想要，是动物园从他那儿预订了一只，所以才让我们来捉的。"

他们回到屋里。不仅钟表和帽子不见了，而且三本关于野生动物的书也被鬣狗吞了下去。

"哎，"哈尔说，"它的口味还挺高。那些书写得好极了，没想到它也这么喜欢它们，但愿这些书能让它肚子痛。"

哈尔告诉罗杰和维克，据当地的老人说，这儿的人们都把它们看成瘟神。"不过这都是些迷信的说法，"哈尔说，"事实上，鬣狗也并不总是那么坏，有时候它们也很可爱。"

维克想看看鬣狗到底有多可爱，他把手指从铁丝缝中伸进笼子。鬣狗歪着脑袋对这些手指研究了一会儿，然后猛扑过来，一口就咬住了。维克发出的尖叫声和鬣狗的尖叫声一样刺耳。

钟表、帽子和鞋都比维克的手指好吃，它松开了嘴，维克把他血淋淋的手抽了回来。

罗杰拿着一块肉从屋里走出来，他把肉从缝里塞进笼子，转眼间就被鬣狗吞了进去。它看着罗杰，发出满意的呜呜声，这时它倒很像只猫。罗杰知道，它和它的新邻居会和睦相处的。

"太好了，"他说，"它这一身斑纹漂亮极了，而且身上还有点儿香味——不像非洲的鬣狗那么难闻。我想，它会成为招人喜爱的动物的。"罗杰发现他可以走进笼子而不必担心那张可怕的嘴巴。他像对待猫、狗一样用手轻轻地抚摸着它的脖子。当他用

10 "野猫"自残

"嗨"和它打招呼时,竟得到了一声既像嗥叫又像呜呜声的回答。如果这只鬣狗以前真是一个人的话,那么他或她一定待人很和善。

一天早晨,罗杰发现鬣狗无力地倒在地上,急忙叫来了哈尔。这只动物的举动使他们大惑不解。它正在咬自己的肚子,嚼自己的腿,直到鲜血淋漓,同时还不停地咬自己的尾巴。一个活生生的动物竟然像对待一具尸体一样吃它自己。

"它们快死的时候就会这么干,"哈尔说,"可我们不能让它死。我想它一定是肚子疼得厉害。"

他跑回屋拿来几片碱性药片。罗杰把笼门打开一条缝挤了进去,把药片放进他的正在受苦的朋友的嘴里。十分钟后,鬣狗不再咬自己了,而且表现出明显的想活下去的欲望,它像猫和狗那样依偎着罗杰。罗杰轻轻地抚摸着它,但一点儿也不敢放松警惕,他得时刻提防着那张能把钟表、帽子、书和手指头都吞进去的嘴巴。

11

是朋友还是敌人

一天早晨,维克带着枪出现在哈尔·亨特的宿营地。

哈尔说:"我知道你带着枪。昨天我听到几声枪响,是你打的吧?"

"噢不,不,我怎么会那么干呢!"

"别撒谎了,"哈尔说,"你又在猎杀动物了。"

"不,我只想打几只猴子,我只打着了两只。"

"谁跟你说过打猴子就不犯法?你已经因为猎杀动物而蹲过一晚上的监狱。你曾保证过再也不打猎了。如果你再被抓住,就不会只被关一晚上,你得坐十年牢。"

"十年!我想你会去警察局告发我吧。"

"这次就算了,因为我是你的朋友。下次可就得请你辛苦一下,到警察局去了。"

"就这些吗?"

"还没完,"哈尔说,"我借给你的200美元什么时候还?"

"你不是借给我的,而是送给我的,我根本就不需要还。"

"你的记性太差了,我从没把200美元钱作为礼物送给你。你说过你一接到父亲寄来的支票就马上还给我。"

"噢,可是支票还没寄来。"

"我想已经寄来了,"哈尔说,"你穿的是件新衣服,没钱怎

11 是朋友还是敌人

么能买衣服呢?"

"得了,"维克说,"别念念不忘你的 200 美元了。"

"如果你是这么想的,"哈尔说,"我就不得不给你父亲写封信了。不仅仅是为了 200 美元,主要是他应该知道你在这里胡作非为,射杀吉尔森林区的动物,还有可能坐十年牢。"

维克笑了起来,"想给我父亲写信简直是妄想,你不知道他的地址。克里夫兰是个很大的城市,如果你在信封上只写'斯通先生收',邮局是找不到他的地址。我不把地址告诉你,你根本就没办法给我父亲写信。"

"我就不信。"哈尔说。

有一个办法可以和维克的父亲联系上。维克在西部储备大学读过一个学期书,哈尔给那所学校的校长写了一封信。

  亲爱的先生,我给斯通先生附了一封信,他是曾在贵校上过一学期学的维克·斯通的父亲。他的地址会存在你们的记录里,你能把这封信写上地址寄给斯通先生吗?

在寄给维克父亲的信中,哈尔写道:

  亲爱的斯通先生,您的儿子维克正在为我们工作。如果让警察知道他正在无照猎杀动物,恐怕他要坐十年牢。这儿的警察执法很严。我喜欢维克,想使他从众多的麻烦中解脱出来。他不太诚实,我借给他 200 美元,可他现在却说那是我送给他的礼物而不是借给他的。钱倒无关紧要,重要的是他在违法,可能会受到制裁。我们不愿让他受这种罪。"

收到回信后,哈尔才知道维克的父亲叫罗伯特·斯通,地址是美国俄亥俄州克里夫兰市帕克伍德街。斯通先生的信是这样写的:

亲爱的亨特先生,听到我的儿子维克正在到处惹麻烦我深感遗憾。但远隔万里,我也管不了他。他快20岁了,应该能够自理了。他从家里跑出去后,他的母亲——一个身体本来就很虚弱的妇女,伤心极了。她病情恶化,已于一个星期前去世了。我不想再要这个儿子了。我给他寄去一大笔钱,但这将是最后一次。至于那200美元,我在信里给你寄去了一张填好的支票。谢谢你对我儿子的爱护,但就我个人来说,他已经不存在了。

哈尔把信给维克看了,这对那个逃跑的家伙而言的确是一件吃惊的事。

"你是怎么搞到他的地址的?"

"别为这件事操心。你应该深深感到内疚的,是你使你母亲过早地去世了,我认为你应该马上回家,和你父亲重归于好。"

"不关你的事儿。如果他不要我,我也不要他。你是个告密者,竟把我的事儿向我父亲报告了。"

"我想也许他会帮助你的。可他有足够的理由讨厌你,因为

11 是朋友还是敌人

你气死了你的母亲。你还有一个机会来弥补你的过失。你是我的朋友,你每捉住一只动物我都会付给你钱。咱们把这件事忘掉,握握手吧。"

维克把手伸进口袋,"不,谢谢,我不会碰你的手的。我要报复你。"

"报复什么?报复没让你去坐牢?"

"我宁可去蹲监狱也不愿再为你干了。"说完这句话,维克大步向他的住所走去,在那里有他的伙伴吉姆和哈里。

维克愁眉苦脸地咆哮了两天,然后对他的两个伙伴说:"我想好了,我想好了。"

"想好什么了?"

"我想出了一个报复哈尔·亨特的办法。"

"你为什么要报复他?他只是为了不让你坐牢。"

"他是个卑鄙的人。我得像对待一个小人那样来对待他,我要把他踩在脚下,把他和他的工作都搞得落花流水。同时,我还制订了一个赚大钱的计划。"

最后一句话令两个伙伴很感兴趣。

"我们怎么干?"哈里问。

"很简单,找他的麻烦,给他安排一次车祸。"

"你是说要杀掉他?"

"也许是,但起码要让他进医院,还有他的小弟弟。让他们在那儿好好躺几天。"

"那有什么用呢?"

"把他们支开,我们就能把他们的动物卖掉,把钱装进我们自己口袋里。每只动物平均都值 1000 美元，有的更值钱。他父亲想要他们捉 16 只动物，他说他会再捉几只凑足 20 只。20 只动物，如果平均每只值 1000 美元，将是多少钱？"

"哟！起码有 20000 美元。"吉姆说。

"对，我们三个人把它搞到手平分了不好吗？我们把动物卖给动物园就能拿到 20000 美元了。"

"可他还没抓全呢？"

"不必着急，等他抓够了再让他去医院。当然，如果他死了也不关我们的事。"

哈里说："那你为什么不去帮着他尽快把他需要的动物都捉住呢？然后我们就可以把他和他的弟弟干掉。"

但维克太懒了，对哈尔又怀恨在心，他不愿再为哈尔干活。

"抓一只动物他只给我 50 美元，和那 20000 美元相比这算得了什么？咱们现在就动手去搞 1000 美元，等他们出去打猎以后，就可以把那只叫'大力士帮工'的大象牵到咱们这儿来，然后以 1000 美元的价钱卖给一个动物园。怎么样？"

"卖给哪个动物园？"

"村长说过，在印度就有不少动物园。与印度相邻的缅甸和新加坡都有。日本现在也是一个有钱的国家，要是卖给东京动物园，他们也许会给我们 5000 美元。你们说怎么样？愿跟我一起干吗？"

他的朋友有点儿担心，但这么一大笔钱听起来实在诱人。

"我和你一起干。"吉姆说。

"还有我。"哈里说。

12 又一个"兽中之王"

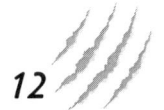

12

又一个"兽中之王"

老虎是"兽中之王",不论个头儿、体重,还是力量都超过其他猛兽。

但狮子也被称为"兽中之王",它得到这一美称是由于它无穷的威力。

两个"兽中之王"天各一方,非洲是狮子的天下,当地没有老虎;印度有老虎,却没有狮子。

吉尔森林区却是个例外。从前,吉尔森林里有 3000 多只狮子,不过猎人们快把它们杀光了。当两个孩子赶到时,据森林巡逻队的统计,仅剩下 170 只了。

父亲需要一只吉尔狮,不是要杀了它,而是要把它送到动物园里,以避开那些凶残的杀手。各地的人也就可以来观赏它了。

哈尔和罗杰对寻找吉尔狮几乎不抱什么希望,它们都躲在人迹罕至的密林深处。

不过两个孩子非常幸运,他们找到了狮子,并躲在灌木丛后面窥视着它们的动静。这是一个家族或家族的一部分,有 12 只狮子,包括祖父和祖母、父亲和母亲、叔叔和婶婶,还有顽皮的小狮子和刚出生的幼崽儿。

这里没有搏斗,狮子很合群。祖父转来转去,抚摸着每个家族成员,好像在说:"早上好,亲爱的。"——只不过它是用一种温柔的呜呜声来说的。

除了幼崽儿之外,其他狮子整个晚上都在猎取食物。现在它们都吃得饱饱的,在一起高高兴兴地准备美美地睡上一天,待太阳落山后再起来去寻找食物。

"多么甜蜜的家庭啊!"哈尔低声说。

"它们可能都会被猎人的枪打死。"罗杰也压低了声音。

"起码我们能救出其中的一只。"哈尔答道。

"哪一只?"

"那只母狮和依偎在它怀里的那只小狮子,怎么样?"

"可它有两个孩子。"

"是的,但你没听说过狮子婶婶的事吗?按狮子们的习惯,当幼狮的母亲不在时,它的婶婶就会照顾它。别担心那小家伙,婶婶会照顾它的。"

"瞧,它们要睡觉了。"

"是的,该睡觉了。可那个小家伙玩得正高兴。看,它朝这边走来了。如果你能抓住它,那么就能把它母亲一起捉住。"

"怎么会呢?"

"母狮会跟着它的孩子。我将用这个套索套住母狮使它跑不了,但真正捉住母狮的不是套索,而是幼狮。"

母狮站了起来,照料着它那到处乱跑的孩子。慢慢地,它离开了熟睡的家人。哈尔把套索抛了出去套在母狮脖子上,可它正专心致志地想着它的孩子,完全没注意到套到脖子上的东西。

罗杰以为当他抱起幼狮时,母狮会咆哮起来,但吉尔狮很少吼叫。它们从实践中得到一条经验,咆哮声会把它们的行踪泄露

12 又一个"兽中之王"

给拿枪的人。吉尔狮保证自身安全的办法就是保持沉默。

"把幼狮带到卡车上。"哈尔说,"慢慢走,如果你让母狮跑起来,我可就抓不住绳子了。"

他把绳子的一端绕在一棵树上,以防母狮突然扑过去。然后再由一棵树换到另一棵树上。就这样一棵树接一棵树,逐步向卡车接近。

到了卡车边上,罗杰把幼狮放进为他们喜爱的动物准备好的笼子里。

母狮也轻轻地跳上卡车,钻进笼子里。它温柔地嗅着它的孩子,设法安慰它,告诉它无论发生什么事情,母亲都会和它在一起。

罗杰关上笼门。"我口袋里有几块饼干,"他说,"喂它们一点儿行吗?"

"不,幼狮还小,不能吃硬的食物。它的母亲会给它喂奶的,几个月后它就可以吃肉了。"

在这以前,哈尔也曾用这种方法把一只巨大的野兽诱进笼子里,所有的行动都没有使动物们感到不安。有一些活捉动物的人使用的方法可就野蛮多了。他们常常通过抽打,用尖利的木棒捅,冲着动物大喊大叫,甚至用向天上放枪等手段迫使动物跟着他们走。

但哈尔却不是这么干的。他不去威胁、恐吓它们,而是利用爱——母兽的爱,使它寸步不离地跟着它的孩子。

他们满载而归了。路上,罗杰又想起了一些问题。

"这只狮子看起来和非洲狮不大一样,那是为什么?"

12 又一个"兽中之王"

"生活的地区不同,狮子长得就不一样。东非的许多国家地处海拔 2000 米以上,一年四季天气都很冷。吉尔森林区的高度只有海拔几十米,一年到头气温都很高。因此,非洲的狮子要长一身厚厚的毛御寒,而热带的狮子就不需要了。大自然非常善良,她努力使动物不论生活在哪个地区都能舒舒服服地过日子。"

"它们有许多不同的地方。"罗杰说,"这些狮子比非洲的肥,头比较长,腿也不太一样,还有它们的尾巴。"

"它们的日子比在非洲的狮子好过。"

"狮子和老虎打架吗?"

"不,它们相处得融洽极了。彼此视为堂兄弟,而不是对手。实际上,它们真的是堂兄弟。它们的皮毛不一样,一个没有花纹,另一个长着条纹。身体非常相像——器官完全一样,骨骼结构也差不多。"

"可在纽约的布朗克斯动物园,我见到过一只长着斑纹的狮子。"

哈尔笑了,"是的,这也有可能。如果一只小动物的母亲是狮子而父亲是老虎,那么幼兽就叫虎狮兽;而如果母亲是老虎而父亲是狮子,那就叫狮虎兽。"

"我看到的一定是一只狮虎兽了。"

回到家后,他们把母狮和幼狮从小笼子里放进了装着老虎的大笼子里。

"这样安全吗?"罗杰问,"它们可能会打起来。"

"看看吧。"哈尔说,"两个大家伙正在鼻子对着鼻子地互相嗅着,它们已经是朋友了。我保证老虎有了伴儿会很高兴的。"

罗杰拿出一块肉放进笼子。老虎看了看,狮子也瞧了瞧,都有礼貌地等着对方去吃。最后,它们各咬着一头,一点儿一点儿地吃起来。

哈尔和罗杰向屋里走去。屋子的附近放着"大力士帮工"的笼子,但笼子空了,大象不见了。

"它抛弃我们了!"罗杰说,"我觉得它很喜欢我,做梦也没想到它会离开我们。"

"不,"哈尔说,"它不会那么干。而且它打不开笼门,即使用它的鼻子也办不到。"

"那是怎么回事呢?"罗杰不明白了。

"有人打开了笼门,把它赶出笼子带走了。可这是谁干的呢?"

三个无赖住的房子原先是个马棚和存放干草的仓库,现在改成参观者的住房了。

"他们走了,"维克说,"咱们赚1000美元的机会到了,在东京动物园也许会卖5000美元。走,咱们去捉'大力士帮工'。"

他们走到笼边,打开门。大象可不像狮子那么安静,它高声尖叫着,像汽笛长鸣。

"过来,别紧张。叫也没用,你的朋友离你太远,根本就听不见。"维克说。

他抓住了大象的鼻子。大象挣脱了,把这个小流氓卷起来,扔到几米远的一棵荆棘上。这种荆棘长着七八厘米长、像针一样锋利的刺。人们叫它"等一下",因为一旦碰到它,就会被它的刺挂住,你得费很长时间才能摆脱开。

12 又一个"兽中之王"

现在,吉姆接了他的班。他避开大象的鼻子,绕到大象背后,抓住了这个怪物的尾巴。他不知道大象能踢人,但等他知道的时候,已经被狠狠地推撞到笼子上了。

该哈里了。他用一根从外面捡来的木棒重重地打在那只尖叫着的大象身上,却被一只巨大的脚踢得翻了个跟头,并被踩在脚下。如果大象把全身的重量都压在这只脚上,那么哈里就会变成一个薄煎饼了。但大象到底还不是杀人狂,它抬起了脚,哈里急忙捂着肚子跌跌撞撞地向门口走去。

三个人抓住了大象的鼻子,拼命地拽着。鼻子是大象敏感的部分,它被拉疼了,开始跟着他们移动。他们把它拉出笼子,顺着小路向仓库走去。

"现在怎么处理它?"吉姆问,"我们得把它藏起来。如果把它拴在树上,会被人发现的,而且它还会把树拔起来跑掉。"

哈里正忙着治伤,根本顾不上想办法。

维克说:"我们只有一个办法,把它弄进屋里去。"

"把大象放进屋里?你不能那么干。"吉姆说。

"我们能,而且必须这么干。"

"可我们没办法把它弄进门去。"

"我们当然能。那个仓库的门有四米高,而它只有不足三米高。"

于是,他们打开门,把客人引进了它的新家。

他们把手松开,大象立刻挥舞起鼻子,把他们三个人打倒在地。随着一声愤怒的尖叫声,它猛地冲向墙壁,由于这个仓库的墙壁是用木板拼起来的,木板被撞碎了。发怒的大象冲了出去,它顺着大路大摇大摆、从容不迫地向前走去,喉咙深处发出低沉的吼声。刚刚回到家的哈尔和罗杰看到它回笼子来了。当罗杰向它跑过来时,它也发现了罗杰,"大力士帮工"用鼻子把罗杰卷起来,低声地咕哝着,仿佛在说它很高兴又回到家了。

"噢,我知道是谁干的了,"哈尔说,"是那三个无赖。可他们抓这只大象干什么呢?"

13 狮子被盗

有人在敲库房的门。

维克把门打开。站在他面前的是一个满脸怒容的印度人。他是这儿的主人,是他把这间房子租给这些年轻人的。

"我看到仓库的墙有那么大一个洞,你们是怎么搞的?"

"不是我们干的,"维克说,"是罗杰的大象弄的。"

"那么罗杰得赔偿损失。"

"对,你去找罗杰他们,他们总是惹是生非。你叫他们来把这个洞补上,但愿补这个洞花掉他们一大笔钱。"

"只有一件事儿我不明白,"房东说,"所有的碎木片都在屋外。如果大象是冲进来的,那堆东西就应该在屋里而不是在屋外。"

"是在里面的,"维克说,"但我们把它扔到外面去了。我们不愿意在我们的卧室里放一堆破烂。"

"做得对。"房东说,"你们是怎么把大象弄出去的?"

"从门口。"

"我看看它留在地上的脚印。"房东仔细地端详着足迹,然后用猜疑的目光看着他们,"你们骗不了我。这些脚印说明大象是从门口走到洞口,而不是从洞口走到门口的。你们一定是把大象从门外牵进来的。出于某种原因,你们想把它藏起来。"他摇头晃脑地猜测着事情的经过,"你们把它从亨特兄弟那儿偷来,把它带到这里,这样就没人能看到你们干的坏事儿。大象不是冲进来的,而是冲出去的。因此你们得负责。修房子的费用是1000卢比。由于你们刚才想骗我,所以得再加1000卢比。我会感谢你们的2000卢比的。"

维克后悔不该说谎,那样本可以少花点儿钱。撒谎的代价很高啊。

"好吧,"维克说,"别担心,我们会给你的。不过你得等一等。我们现在根本就没钱,但不久就会有一大笔钱,你得有点儿耐心。"

看到几个孩子为难的样子,房东决定从轻处罚他们。

"我觉得你们这些家伙不太聪明,但在洞口上钉几块木板也许你们是办得到的。你们只管买木板好了,几块木板不会花很多钱的。这总比等着你们付给我2000卢比要好——我担心得不到这笔钱。你们自己把它钉上。如果不干,警察会来说服你们的。"

孩子们不喜欢听"警察"这个词。另外,冷风从和大象身躯一样大的洞口吹进来也使人很不舒服,于是他们就接受了房东好心的建议。

"下个星期就把它补上。"维克说。他从来没有说干就干的时候,总是把事情拖到最后。

他暗暗地诅咒亨特兄弟。如果捉不到那只大象,他们这三个无赖也就没什么可偷的了。因此,他们把一切都归罪于亨特兄弟。

三个孩子驾驶着轻便汽车来到亨特兄弟的宿营地。维克走进屋里拿出一根套索,把一端绑在车上,然后蹑手蹑脚、小心翼翼

13 狮子被盗

地向关着老虎、母狮和幼狮的笼子走去。

还好,母狮的头离笼门很近。维克把笼子打开一条细细的缝,将套索套在了狮子的头上。

然后,他们跳进车里,把车启动了。狮子被拉了出来,它本应吼叫几声来发泄不满,但经验告诉它不能叫。小幼狮急得叫起来,可只是发出微弱的吱吱声,老虎倒是咆哮起来。

汽车拖着狮子沿着公路走去。对这三个小偷来说,事情并不是一帆风顺。强有力的狮子从套索中挣脱出来,躲进了一个山洞。

几个孩子跳下车,紧追不舍。洞壁上挂着几十个蜂窝。吉姆以为是早就没蜜蜂住的老蜂窝,就用棍子捅下来一个。没想到立刻就有一大群蜜蜂向入侵者俯冲下来,其他蜂窝里的蜜蜂也争先恐后地飞过来,几个孩子的脸上、头上、胳膊上都落满了蜜蜂,有的还爬到他们的衣服里。锋利的螫针毫不留情地刺进了他们的身体。

这些可不是普通的蜜蜂,而是一些能致命的蜜蜂。就像报纸上报道过的那样,曾有一种从南美传进美国并引起大量人员伤亡的蜂,被它刺伤后疼痛难忍。这种与众不同的蜂在蜇人后,它们的刺就留在受害者的身体里,然后它们自己也很快死去,但一只蜂倒下去后,还会有成百上千的蜂飞过来完成"死者"未完成的事情。

几个孩子拼命地跑着,想把群蜂甩掉。他们跑到一个小水塘边,狮子就在对岸。他们必须蹚过这个水塘。水不太深,只没过他们的膝盖,但他们的小腿疼得要命。一个小小的水坑怎么能使他们受这样的痛苦呢？爬上岸后，才发现他们的腿上爬满了蚂蟥。

在印度的某些地区，蚂蟥已经成为一大害。它们的身长从3厘米到15厘米，大小不一，而这三个孩子今天遇到的是比较大的一种。每条蚂蟥都有两个吸盘，分别长在身体两端，一个大，一个小。吸盘的中间是一张长着锐利牙齿的嘴，它们先用吸盘把自己牢牢地固定在人的皮肤上，然后用牙把皮肤咬破吸血，直到自己的身体膨胀到比原来大一倍。这样，蚂蟥就可以坚持一个月不吃东西，而人身上被咬的伤口大约也要经过一个月才能痊愈。

奇怪的是蚂蟥游动起来不是向前进，而是向后退。它喜欢生活在水里，但在陆地上也能过得自由自在。被它咬破的伤口在几天之内都流血不止。

几个孩子只顾往家跑，早就把狮子忘到九霄云外了。这时，留在他们身上的蜇针里的毒素使他们打起摆子来。

他们脱下衣服，开始揪下钻进衣服爬满全身的蚂蟥。毫无疑问，在这件事上他们又归罪于亨特兄弟。

"这儿的一切都那么大，"维克呻吟着，"大蜜蜂，大蚂蟥，近半米长的癞蛤蟆，大老虎，大狮子，蜘蛛大得像汤盘，蜘蛛网直径有五六米，最大的野牛，最大的鹿，最大的森林和山脉，还有最大的害人精——哈尔和罗杰。"

这时，哈尔和罗杰正在研究犀牛。他们已经遇到过一只，使他们大伤脑筋。它只有一个角，不像非洲的犀牛长着两只角。但巨大的牙齿弥补了这一缺陷，吃起荆棘来就像吃可口的莴苣一样。如果有机会，吃一个人也不在话下。兄弟俩希望父亲不要犀

13 狮子被盗

牛就好了。

他们曾企图捉住一只,但犀牛那可怕的攻击力把他们吓得目瞪口呆。当犀牛冲到离他们只有几米远的时候,它好像是向他们道歉,转身走回去,然后再次猛冲过来。

兄弟俩挖好一个两米深的陷阱,在上面盖上树枝和杂草,希望犀牛看不出伪装而掉进陷阱里。他们站着不动,陷阱就在他们与犀牛之间,如果那只野兽向他们发起进攻,就会掉进陷阱里。可它会冲过来吗?

犀牛并不像狮子那么聪明,它一直叫个不停,把它的行踪告诉每个人。有人说犀牛从不发出声响,但这只印度巨兽却例外。它能发出哼哼声,可以吼叫,可以咆哮,可以对人"嗤之以鼻",还能发出尖叫声,据说老虎和大象都惧怕犀牛三分。犀牛的视力极差,但这只犀牛能隐隐约约看到孩子们的身影。每次等它冲过来后,孩子们都在最后一刹那闪到一边,让它从身边跑过去。

这样干仍然危险重重。尽管犀牛是盲目的,却能向任何东西发起攻击,这样就很难躲开了。每次,犀牛都冲到陷阱边上,可惜都差一步。

它低下头,好像要用角来刺两个孩子,其实不然。它与非洲犀牛不同,从不用它的角攻击目标,因为那不是真正的角,只不过是生拧在一起而变硬的一撮毛。至于进攻,还得靠它那有力的嘴巴。

它多像一个金甲武士呀!古代印度人曾把它用在战场上,就像现在使用的坦克一样。它全身都披着"铁甲",箭根本无法射进它的身体。

"这次它该进陷阱了。"哈尔说。随着一阵噼噼啪啪的树枝折断的声音,犀牛掉进了陷阱。

困兽发疯了,尖叫着横冲直撞,使劲地扒着陷阱壁,扒进一大堆乱七八糟的东西。眼看就要逃出来了,两个孩子才把套索套在它的脖子上。套索的另一端绑在汽车上。

汽车开动了,犀牛沿着倾斜的陷阱壁被拉了出来,然后被拖着向它的笼子驶去。

一旦被关进笼子里,它就完全变了。它变得非常平静,仿佛陷入了沉思:也许情况不会太坏。它刚进笼子就吃到了可口的饭菜,这使它对未来的生活有了更美好的憧憬。如果好好对待一只犀牛,那么不出几天它就会变得很驯服。

哈尔和罗杰转过身来,看到他们的狮子正一声不响地钻进笼子里,幼狮吱吱叫着欢迎它的归来。

"一定是那三个骗子把它拖了出去。"哈尔说,"然后它从他们那儿逃了出来。咱们马上就去警告一下那几个家伙。"

他们没敲门就直接闯了进去。

看到的情况使他们大惑不解。三个人躺在吊床上,抽搐着,痛苦地辗转着,呻吟着,身上流着血,还都发着高烧。

哈尔本来想骂他们一顿,但看到这种情景却骂不出来了。

"你们这些可怜的家伙,出什么事了?"

"蜜蜂,"维克说,"蚂蟥。唉,我们干吗要进那个山洞。"

"蜜蜂!"哈尔惊叫起来,"你们能活到现在算你们命大。罗杰,以你最快的速度跑回去把那瓶蜜蜂止痛药拿来。"

13 狮子被盗

罗杰很快就赶了回来，两个人开始给三个小偷包扎伤口。

"你们这些家伙到底什么时候才能接受教训？"哈尔说，"你们到处惹是生非，真是自作自受。如果你们不自作聪明，也就不会受这种罪了。"

"就算你对吧。"维克口服心不服，他仍然把一切都推到哈尔身上。"我们差点儿丧了命。"他说，"如果你打算照顾我们，为什么当我们受折磨的时候，你不待在家里而去寻欢作乐呢？"

哈尔没有理会这个愚蠢的论点，而是继续给他们包扎伤口。不知道明天这些"高明"的猎手们还会想出什么卑鄙的伎俩来。

14 罗杰的老虎

"今天不打猎了。"哈尔说。

"为什么?"罗杰问。

"我得照顾这三个受伤的家伙。他们所中的蜂毒很深,更何况蚂蟥还吸了他们许多血。他们全身都肿起来了,正在打摆子。"

"什么是'打摆子'?"

"就是疟疾,忽冷忽热。你昨天看到这种病发作时的症状了。发起冷来,不管天气多么炎热,都会冷得发抖;而转眼间就会感到酷热难当,汗流浃背,大口大口地喘气。如果病情严重,患者就会死亡。"

罗杰想,死对这三个作恶多端的小痞子来说真是罪有应得,但他又为产生这种想法而感到惭愧,于是他说:"为什么不去找个医生,你干吗要自找麻烦?"

"在1500千米之内也许根本就没有医生。不,这件事我们有责任。在药箱里我找到了一些能治他们病的药。"

"那么,这一天我干什么?"

"去喂动物,好好照顾它们。你不要担心那三个骗子会去偷我们的动物,他们病得很重,今天要不了什么诡计。"

哈尔提起他的药袋走了。

罗杰去喂动物,但那没花多长时间。他是个闲不住的孩子,总想找点儿事干。为什么不开车去兜风呢？

他爬进卡车，出发了。他不希望遇到什么野兽，只是尽情地呼吸着清新的空气，聆听着从森林中传出的各种声音。其中有龄猴吱吱的叫声，还有一种鸟鸣声，他猜测是一种被称为"学童口哨"的鸟的叫声。在清晨和傍晚，这种鸟会一边飞，一边用一种轻柔、甜美的调子不停地歌唱。

他听到一只孔雀在一棵大树最高的树枝上用动人的声音鸣叫着，还有另外一些他熟悉的鸟——金色的黄鹂和玫瑰色的椋鸟。翠鸟在河面上掠过，一只枭栖息在小溪边的树枝上。

各种鸟都聚集在树上，有鹟科食虫鸟、啄木鸟，嘴巴周围长着红色绒毛的夜莺，还有三种太阳鸟——红色的、紫色的和绿色的。

吉尔森林区真是各种野生动物的乐园。

罗杰是一个无忧无虑的孩子，但当汽车爬一个斜坡时，发动机熄火了，这可让他担心起来。

罗杰觉得眼睛的余光似乎看到了什么奇怪的东西，他转过脸去想看个究竟。当他看清楚时却被吓得出了一身冷汗。一只斑斓猛虎卧在路边的一块岩石上，而罗杰正坐在一辆开不动的敞篷卡车里，老虎三蹿两跳就能扑到他身边。

罗杰像那三个骗子打摆子一样哆嗦起来。他没法阻止老虎跳进车里把驾驶员当作早点，只有束手待毙了。

但老虎看起来懒洋洋的，显然是吃饱了。它眯着眼睛看着男孩和卡车，对这个健壮的小伙子一点儿也没有食欲。

它吃了什么？在什么地方吃的？它一定是咬死了某种动物并

14 罗杰的老虎

饱餐一顿,实在吃不下去了,便把剩下的留待以后再吃。

被它杀死并吃掉一部分的动物很可能就在附近。罗杰轻轻地溜下卡车,爬上斜坡,走进森林。

他搜索了两个小时才找到了它——一只白斑鹿的残骸。

罗杰知道该干什么了。他回到汽车旁边,老虎已经不见了。这回发动机启动了,罗杰掉转车头向家里驶去。

哈尔不在家,他一定在那个仓库里。罗杰驱车来到仓库门口,走了进去。

哈尔正在照顾他的病人,他们一会儿打冷战,一会儿发高烧,抽搐着,痛苦地辗转着。

"过来一下,"罗杰说,"跟你说点儿事,我想去抓只老虎。"

哈尔大笑起来,"一个体重65千克的孩子要捉一只体重250千克以上的老虎!别开玩笑了。"

"不,我没开玩笑。我看到了一只老虎,还看到了被它吃了一半的动物的残骸。那是一只白斑鹿,尸体上还留着许多肉。从现在到明天早晨的某一段时间,那只老虎一定还会回去继续吃。我就待在那儿,等它一来就把它捉住。"

"但愿别让它捉住你。"哈尔说。

"不会的,我待在树上的吊床上。也许我得在那儿等一晚上,我觉得应该让你知道,免得你再去找我。"

哈尔说:"听着,小家伙,你太年轻,向'百兽之王'挑战还不够格。"

"我要试一下。"罗杰说,"如果你有什么事儿要提醒我,现在就说吧。"

哈尔看得出他弟弟决心已定,"我真想和你一起去,"他说,"可这几个病人让我脱不开身。如果你一定要去,得注意几件事儿。你所谓的吊床要拴在五米以上的树上。别忘了老虎能跳四米多高,如果你的床面低于四米,就会被它抓住。房子附近就有木板,你是个手艺不错的木匠,我相信你会搭起一个舒适坚固的吊床,这样睡觉时就不会摔下来了。带上一支麻醉枪,穿暖和点儿,从雪山上刮下来的风很凉,为了御寒,你得有足够的铺盖。带上一个手电筒,以便射击时能看清目标。"

"就这些吗?"

"我只能对你说这么多。老虎被麻醉后,你怎么才能把它拖到车上呢?它可能重达200多千克,我不知道你准备怎么干,但肯定,你办不到。"

"不,谢谢,"罗杰答道,"我会想办法把它弄上车的。"

"当心你自己,如果你有什么意外,爸爸妈妈是不会饶恕我的。"

罗杰开车回到小屋去取他的"装备"——木板、钉子、榔头、手电筒和麻醉枪,还带了几件毛衣,是准备晚上天气变冷后穿的。

然后他驱车回到"凶杀"现场,爬到一棵离死鹿不远的树上。在五米多高的地方,他找到了两根水平伸出的树枝,能够牢固地支撑住他的吊床。他立刻动手干起来,直到太阳落山才完工。

该躺下休息一会儿了。可他被哥哥没能解决的问题搅得心神不宁,根本睡不着。假如老虎回来吃死鹿,被麻醉了,然后怎

14 罗杰的老虎

么办?

罗杰不知道怎样才能把一个比他重三倍的野兽拖上卡车。

突然,他想出了一个好办法。他从树上爬下来,走到死鹿旁边,把一块块残骸放在车厢里面。然后又爬上了他的吊床。

欢迎他的是一声低沉的吼叫。天已经很黑了,但罗杰熟悉这种吼声,它和关在笼子里的豹子的吼声一模一样。

一只豹子发现了他的吊床,并要把它当作一个临时过夜的地方。罗杰看不到豹子,而豹子是夜行动物,眼睛敏锐,很清楚地看到了罗杰。它猛地向罗杰的头抓去,缩回爪子时,上面抓满了罗杰的头发。如果罗杰想理发,也不会愿意让豹子来帮忙。

他打开手电筒,雪亮的灯光直射到豹子的眼睛上。豹子还是第一次遇到这种攻击,它可不愿被亮光刺得眼花缭乱。它退到树干处,噌噌地下了树。罗杰听到它偷偷摸摸地穿过丛林的声音。

罗杰爬到他以为已经比较暖和的吊床上,其实它并不保暖,还得穿上两件毛衣。

现在无事可做了,只有等待,等待,再等待。

不管白天天气多么热,印度的夜晚都冷极了,尤其是冰雪覆盖的喜马拉雅山像冰箱一样耸立在旁边。

几个小时过去了,还是看不到老虎的影子。万籁俱寂。罗杰被冻得发抖,不断地翻着身,想找一个比较舒服的姿势。他目不转睛地注视着卡车的方向,恨不得把耳朵伸到卡车上。

这值得吗?现在是晚餐时间,他本应该坐在温暖的小屋里吃晚饭,而不是像一只猴子一样被冻得瑟瑟发抖,期待着也许根本就不会发生的事情。打猎也不都像人们吹嘘的那样浪漫。

午夜的时候,一轮疲惫不堪的残月升起来,像是来看望这个傻瓜。凄凉的月光使森林中的空地像停尸房一样沉静。

罗杰打盹了,但不久就被一阵鸟的骚动声惊醒了。在空地上,他看到了一个巨大的影子正在向卡车接近。

他迅速但又十分吃力地爬起来,把麻醉枪对准了目标。借着月光,他可以模模糊糊地看到老虎跳上卡车开始吃鹿肉。罗杰打开手电筒,射出一颗麻醉弹,飞弹所至,正中目标。事实上,要打中它并不难,因为老虎目标很大,应该是能够百发百中的。老虎咆哮着,森林里所有的动物都被吓得尖叫起来。那只巨兽站了一会儿,然后腿一软,颓然倒在车厢里。

它挣扎着站起来,四处寻找着对它下"毒手"的敌人。如果子弹里的药物只能使老虎麻醉而不能使它熟睡怎么办?老虎已不再对猎物感兴趣了。现在,罗杰成了猎物。他一直是猎手,但现在却成了被猎取的对象,这与罗杰探险的本意完全不一样。一个真正的猎手应该去寻找猎物,而不是傻坐着守株待兔,等待猎物送上门来。

等待的时间使人太难熬了。尽管没有一丝风,罗杰设置吊床的那棵菩提树的树叶还是在摇晃。当地人都说这是菩提树上的精灵在作怪,比较科学的解释是菩提树叶有一个长长的弯曲的叶柄,即使十分微弱的气流也能使它颤抖,但罗杰却认为这是由于他的颤抖,树也随着颤抖。

罗杰又打亮手电筒,这时老虎正卧在车厢里。毫无疑问,麻醉药生效了。

罗杰想出了一个把又大又沉的野兽装上车的办法,并且不用

14 罗杰的老虎

吹灰之力就成功了。实际上是死鹿替他干的。因为死鹿的肉被放到卡车上,老虎是心甘情愿地跳上车的,现在它正在睡梦中,准备坐车回营房了。

罗杰从树上爬下来,把他的吊床留给了豹子。当他带着他那贵重的货物回到家里时,天已经破晓了。

哈尔在度过漫长的不眠之夜后刚刚回到他们的小屋。罗杰把车倒向一个敞开笼门的笼子。就在这时,老虎醒了,它站起身来,仍然显出困乏无力的样子,站在车上摇摇晃晃。当两个孩子在后面推它时,它顺从地移动着,摇摇摆摆地走下卡车,钻进笼子里。笼门关上了。

"太好了!"哈尔说,"你到底是怎么把它从地上弄上车的?虽然你很有劲,可也没那么大的力气啊。你是怎么搞的?"

罗杰诡秘地一笑,说道:"这是秘密。但由于你是我哥哥,我还是告诉你吧。你只要用一个小小的魔术,嘴里念着'阿布拉卡达布拉,阿布拉卡达布拉'的咒语,老虎就上车了。"

15

罗杰进了拘留所

"父亲要一只老虎,"罗杰说,"咱们给他捉了两只,这样我们就超额完成任务了。"

哈尔不同意,他说:"每一个稍具规模的动物园都想有一只老虎,他们会出大价钱来购买这种世界上最大的猫科动物。我们能捉住多少,父亲就能卖掉多少。开车出去兜一圈看看能找到什么,好不好?"

"你和我一起去吗?"

"恐怕不能。昨天晚上维克差点儿死了,其他两人情况也不太好。我得待在他们那里。"

罗杰挖苦地说:"你在他们身上浪费时间真是大错特错,对他们不值得这样。"

"不能那么说,"哈尔反驳道,"即使他们是狗,也不该想到让他们死去。"

"他们虽然不是狗,"罗杰争辩道,"可他们连狗都不如。"

哈尔理解罗杰的心情。他一夜没睡,难免会有点儿火气。

好心的哥哥去照顾他的病人——他们永远也不会感激他付出的代价。罗杰登上车开了出去,去寻找什么呢?

开车逛了一个多小时,罗杰寻找的那个"什么"终于出现了,它是一只金猫。

15 罗杰进了拘留所

罗杰从他哥哥的《野生动物辞典》上读到过关于金猫的情况。这是一种极其稀有而又异常漂亮的动物。在他之前来到这里的猎人搜寻了好几个月，却一无所获。

据书上说，金猫和它的主人在一起时会变得温柔可爱，但在森林和动物群中却是野性未羁。它的牙齿、爪子都很锋利，力气非常大，以山羊、绵羊为食，甚至还能捕捉水牛崽和鸟类。

他看到的这只金猫像一块金子，金黄色的毛皮在阳光下闪闪发光。它身上没有条纹，没有斑点，全身都是金黄色的，而且它和黄金一样价值连城。伦敦动物园有一只曾在电视节目中露过面，那是一只极其美丽的猫。大多数动物园都买不起，即使有钱想买，通常也买不到。

父亲没要求他的孩子捉金猫，因为他知道这几乎是不可能的。然而这只金猫正好奇地瞪着卡车和罗杰，仿佛是等着让你捉它似的。

这得用麻醉枪。罗杰仔细地瞄准后，扣动了扳机。一支细小的箭轻轻地射进它的皮肤，如此之轻以至于它连感觉都没有。麻醉枪发射时没有声音，也不会对猎物有丝毫危害，只不过使动物倒在地上，忘掉世界上发生的事情，睡眠要持续半个小时。

这只漂亮的一米多长的"金块"瞪着罗杰，站了一会儿，然后就倒在地上打起瞌睡来。

罗杰走过去看看它是否睡熟了，便用鞋尖碰了碰它，那只猫一动不动。他拔出短箭，把它扔到一边。

怎么才能把这个"美人"装上卡车呢？他得把它抱上去。罗杰身强力壮，抱起那只猫并不在话下，倒是那些尖利的牙齿和长

15 罗杰进了拘留所

长的爪子使他有点儿发毛。

他弯下腰,刚想把那只猫抱起来,忽然森林里传出来一声嗥叫,另一只金猫冲出树丛,扑到那只睡着的金猫身上,这只一定是它的同伴。罗杰不用担心它会扑过来咬他,因为它只想保护睡觉的同伴。

罗杰把一支短箭射到它的腹部。静静地对峙了一会儿后,第二只金猫也趴在第一只的身上睡着了。

运气太好了!一对儿金猫!罗杰小心翼翼地抱起上面的一只,放进卡车上的笼子里,然后把另一只也装了进去。

他正准备带着他的战利品回家时,一辆警车驶到卡车旁边停住了。一个沙哑的声音问道:"这里发生了什么事儿?"

警察走下警车,查看着笼子里的两只动物。他看到了罗杰手里的枪。

"好啊,你把两只金猫给打死了。"

"我没杀死它们,只不过是让它们睡一会儿。"

"你把世界上两只最珍贵的猫打死了。你难道不知道吉尔森林区是野生动物保护区?在这儿打猎的人都得进监狱。"

"这不是打子弹的枪,"罗杰说,"它只不过是用一支短箭使动物麻醉。"

"说得倒挺像!"他盯着笼子里的动物,"弹孔在哪儿?"

"你不会找到弹孔的。这两只猫在我们到警察局以前就会醒过来。我知道你会带我去哪儿的。"

"你对我撒谎只会罪上加罪。"警官生气地说。

"请让我解释一下。"罗杰说,"我父亲是位动物博物学家,为世界各地的动物园收集动物。他派我和我哥哥出来捕捉他需要的动物。我们被准许在吉尔森林区捕猎。"

"你有捕猎许可证吗?"

"有。"

"让我看看。"

"在我哥哥手里。"

"那是他的,而不是你的。你的谎话我听够了,跟我去警察局吧。"

他们走进警察局的时候,罗杰说:"你的警官认识我们,他会把一切向你解释清楚的。"

那个警官轻蔑地说:"他早走了,我是这儿的新警官。我向你保证,你干的事儿会受到管制的——无证打猎。"

"那张许可证是新德里警察局局长签发的,允许我父亲约翰·亨特和他的两个儿子在吉尔森林区为各地动物园捕捉动物。在动物园里,那些动物将受到保护,它们就不会被那些荷枪实弹的在森林里到处乱窜的嬉皮士打死了。我哥哥正在照顾三个病得很重的人,他们让蜜蜂蜇了。"

"让蜜蜂蜇了!"警官嘲笑道,"蜂刺可不至于让人得病啊!"

"这是杀人蜂。它们不仅会使人得病,还可能要了人的命。"

"又是一个动听的故事!我让蜜蜂蜇过许多次,你瞧,我现在活得不是挺好吗?"

"那是另一种蜜蜂。被蜇的一个家伙昨晚差点儿死了。"

"你们国家的人都像你这样爱撒谎吗?从我看到那两只被你打死的金猫开始,你就没说过一句真话。"

15 罗杰进了拘留所

一声嗥叫回答了他的问题，这叫声不是来自罗杰。"你认为那两只猫死了，现在去看看它们吧。"

警官走到门口看了看，那两只猫已经醒了过来，正亲热地互相抚摸着。

"那些猫很值钱，"警官说，"你觉得你能偷走并带着它们潜逃吗？"

"我跟你说过我有许可证，或者更确切地说，那是我们全家的。我用一下电话行吗？"

他和正在照顾病人的哈尔通了电话。

"哈尔，我正在警察局里，他们不相信我们有许可证。你能立刻带着它来一下吗？"

"可我现在很忙。"

"如果你不把许可证带到这儿来给他们看看，我就得死在拘留所里了。他们指控我盗窃——嗯，我现在不告诉你是什么，等你到这儿来以后请你亲眼看看。那东西价值连城。别忘了带上许可证。"

哈尔不耐烦地说："你到底干了什么蠢事儿才被监禁？"

"我捉住了两只——到这儿来就知道了。"

"好吧，我还有点儿事要干，然后我借那三个家伙的越野车去你那里，大约需要两个小时。"

罗杰对警官说："我哥哥两个小时后就到，他会带许可证来的。我能坐在休息室里等他来吗？"

"不行，那是给客人准备的，不是给骗子的，你得到禁闭室里去，那里面可能会有几只臭虫，而且我希望越多越好，以后说不定会有更可怕的东西。"

禁闭室里可不仅仅有几只臭虫，老鼠、蟑螂、跳蚤都成了罗杰的"伙伴"。罗杰在里面待了两小时，觉得像过了半天。

哈尔终于来了。

"我是哈尔·亨特。"他对警官说，"现在可以放我弟弟出来了吗？"

"我得先看看许可证。"

哈尔傻眼了，高声叫道："许可证！噢，我忘记带许可证了。"

罗杰在禁闭室里喊道："到底谁蠢啊？"

"不要紧，"哈尔说，"我马上回去取，两个小时后就能赶回来。"

警官气愤地说："我想你们根本就没有什么许可证，而且我也不准备等你回来了，我该回家了，明天上午再带许可证来吧。"

"那你不会让我弟弟在那间肮脏的牢房里关一晚上吧？"

"我会的，我希望他喜欢那个地方。他不是喜欢野生动物嘛，在那里到处都有。而且我还准备把那两只金猫放掉。"

哈尔早就看到了那两只金猫，"如果你那样干了，我就要你赔100万卢比。那是两只吉尔森林区最漂亮的猫。我们有许可证，明天上午就给你带来。"

"不是明天。我忘了，我有三天假。"

"那就太不公平了，不是吗？他没干什么错事儿，却要把他关三天。"

"他干了坏事儿！他撒谎了，而且从我抓住他到现在，他没说过一句实话。他罪有应得。我根本就不相信你们会有许可证，

15 罗杰进了拘留所

如果真有,下次来的时候别忘了带上。"

哈尔知道跟这个傲慢的家伙再争下去也是白费口舌,他明白他得把那两只珍贵的金猫带回家,否则就会让人偷走。

他把卡车开回营地,将两只金猫放进一个比车上的笼子更大更舒适的笼子里。

三天以后,维克恢复了健康,能够和哈尔一起去警察局了。

牢房门打开了,罗杰从里面走了出来,他的脸上到处都是被扁虱、跳蚤、臭虫、蚊子叮起的包,就像被蜜蜂蜇过的三个"嬉皮士"一样狼狈。哈尔开着卡车把他送回家,维克把越野车开走了。

对一个被拘留了三天的"囚犯"来说,回家该是多幸福啊。他见到两只金猫时特别高兴,两只金猫见到他也显得很亲热。

"父亲会大吃一惊的,"罗杰说,"这两只金猫是无价之宝。"

16

骆驼耶利

"吉尔森林区根本就没有骆驼。"哈尔的朋友,吉尔村的村长告诉哈尔。

"可昨天我看到了一只,"哈尔说,"准备今天把它捉回来。"

"你能保证那不是只水鹿吗?"

"当然,"哈尔说,"我们这儿有只水鹿,它和骆驼一点儿都不像。我看见的那只骆驼和在非洲见到的一样,只是非洲骆驼只有一个峰,而它却有两个。我已经见过许多单峰骆驼,大多数动物园里都有。而一个动物园如果拥有只能在西亚地区才能找到的双峰骆驼将是很幸运的。"

"但我们吉尔森林区里根本就没有骆驼。"

"有一只,我想它是一个异乡来客。也许是翻山越岭从中国西藏过来的,但看起来在这儿它过得很自在,可以吃到一些骆驼喜欢吃的食物——嫩树枝、蓟类植物和荆棘。"

"骆驼怎么会吃那些东西?"

"我把它牵来你就知道了。它们什么都吃,包括衣服、旧席子、竹篮子、报纸、雨伞,只要能从它们的喉咙咽下去的东西,它们都吃。"

"这是在开玩笑还是真的?"

"如果我能把它牵到这儿来,你就会亲眼看到了。当然我指

16 骆驼耶利

的是我了解的那些——它们住在非洲,但我读到过,双峰骆驼对于食物的要求和它们是一样的。我将设法把它领到这儿来,但愿我走运。"

村长微笑着说:"亲爱的朋友,我真心希望你走运。你把那只害了我们村许多人的豹子捉住,从而给我们的村庄带来了平安,我想你在骆驼的问题上是错了。也许你看到的是只牦牛,但不管怎么样,我衷心祝愿你成功。"

哈尔出发去寻找他的骆驼了。他带了几本旧杂志,这些杂志对饥饿的骆驼应该是一顿美餐。他的肩上背了一根套索,可以用作缰绳把骆驼牵回营地,在那儿它可以饱餐更多的杂志。

他在离前一天发现骆驼的地方不远的地方,找到了那只骆驼。他慢慢走过去,骆驼看到了他却并不惊慌。它不是什么野兽,如果它来自中国西藏,对人会很熟悉,就像马和狗一样驯服。

哈尔扔过去一本《国家地理杂志》,那只骆驼立刻就成了"订户",它把那本杂志嚼得稀烂吞了下去。

吞下去的东西进到哪里还是个谜。骆驼有几个胃,人们还不知道它是怎样选择其中的一个胃来消化食物的。

哈尔带来的杂志很快就被吃光了,骆驼用两只棕色的大眼睛瞪着哈尔,仿佛在表明他是个好人。由于哈尔给了它许多美味可口的食物,这些食物能够维持很长时间,所以骆驼很喜欢他。

哈尔把套索套在骆驼的脖子上,牵着它回到营地。维克在那儿,大概又在打算从亨特"动物园"里偷点儿什么东西。

当他看到哈尔牵着骆驼溜达回来时,便哈哈大笑起来。

"你干吗不骑上去?"他问,"我敢打赌你不会骑骆驼,其实这跟骑马没什么两样。我骑马可是个行家。"

"好极了,"哈尔说,"这么说你大概是想骑骑这只骆驼了?"

"当然,为什么不呢?我来教教你怎么骑。坐到一个驼峰上去。"

他走到骆驼身边,仰起头看着前面的一个驼峰,驼峰比它的头顶还高出近两米。

哈尔好心地提示道:"你大概是想坐在驼峰中间吧!"

"对,对,我就是那个意思。骑在驼峰中间。"

但是峰谷比维克还要高出近两米。

哈尔鼓励他说:"跳上去。"

维克跳了一下。他不是跳高的材料,只跳起半米多高,然后就重重地落在了地上。

"你应该找一副镫,"他说,"没有镫怎么骑呢?"

"是啊,这只骆驼没有镫。"

"那我该怎么办?"

"我试试能不能让它卧下。"哈尔说。他把手放在骆驼的鼻尖上,一边向下按,一边说着"卧下,卧下"。他不知道西藏话"卧下"怎么说,那只骆驼当然听不懂他的话,但它懂得鼻子上的压力是什么意思。它乖乖地卧在了地上。

"好了,"哈尔说,"现在你只要跳上去就行了。"

维克使劲儿跳了一下,可还是上不去,两个驼峰间最低的峰谷也和维克一样高。维克累出一身汗,脸都憋紫了。

哈尔拾起一根细长的竿子递到维克手里。

16 骆驼耶利

"那有什么用?"维克愠怒地问,"你是让我顺着这根竿子爬上去吗?"

"不是。你曾经在大学里度过了一个学期,在体育课上你一定学过撑竿跳。"

维克不想承认他从来就没上过体育课,根本就不知道怎么使用这根竿。

"如果你觉得那么容易的话,你自己先试试吧。"他说。

哈尔举着竿子向后退了几步,然后开始助跑,他把竿子撑在地上,身子腾空而起,落在两个驼峰中间,然后又滑了下来。

维克轻蔑地大笑起来,"这算什么,只要有根竿子谁都能做到。"

"那么你试试看。"哈尔说。

维克抓过竿子,向后退了几步,跑了起来。竿子的一端本来应该撑在地面上,可惜,它却捅到骆驼身上,紧跟着,维克"咚"的一声砸在骆驼的肋骨上。骆驼疼得呻吟了一声,回过头来在维克的肩上狠狠地咬了一口。

维克看来是一败涂地了。哈尔感到很惋惜,说:"我来帮你一把。"他把两手连在一起做成杯状,维克费了不少劲儿才登到上面。然后哈尔把他举起来,使他能坐到两个驼峰之间。

"瞧见了吗?"维克说,"你只要知道该怎么办,做起来就很简单。"

第二件事是让骆驼站起来。骆驼起立的方式很独特,它的后腿先立起来,这在一般情况下没问题,但如果骆驼的前腿还跪在地上可就不一样了。维克差点儿来个前滚翻,他死死地抱住骆驼的前峰不放。但抱得再紧也没用，现在骆驼的前腿猛地直了起来，维克猛地一个后滚翻摔到骆驼身后。生气的骆驼把他摔下去还不算完，又在他的肚子上补了一脚。

哈尔只好再一次让骆驼卧在地上，然后把维克重新举上去。骆驼被折腾得不耐烦了，又用它的黄板牙在维克另一个肩膀上咬了一口。由于这些脏牙会使血液感染，因此被它咬一口还可能有生命危险。

哈尔取下套索，换上一根可以当作缰绳用的粗绳子。维克用脚后跟磕了它一下，于是骆驼又剧烈地颠簸着站了起来，开始漫步。

以往在马背上的经验并没能够帮他什么忙，骆驼走路的方式出乎他所料。它先是把人猛地甩向前边，然后再甩向后边，维克的脊梁骨被摇得"啪啪"直响，脖子累得又酸又疼，脑袋摆来摆去，好像是粘在身体上的。

哈尔听到骆驼一边走一边从喉咙里发出咕噜咕噜的声音，好像在说"耶利"，于是他立刻给骆驼起了个名字：耶利。

耶利没有辔头，维克想让它向右转时，只能抓住粗绳子把骆驼的头向右拉，可骆驼偏偏不向右走，而是去它喜欢去的地方。当维克把耶利的头向左拉时，十有八九骆驼会转向右边。

骆驼不需要知道它的方向，只顾迈着沉重的步子向前走，然而它的头却朝着后面，用两只悲伤的大眼睛看着维克，有时还把头伸到肚子下面去咬苍蝇。

看来粗绳子解决不了问题，维克想到了他的脚指头。为了让它们充分发挥作用，维克把鞋子脱了下来。他用脚指头在骆驼脖

16 骆驼耶利

子的左侧扭动着,希望它会向右转,在右边扭动时会向左转。

还是不行,一切都是白费力气。骆驼只对它能吃到最茂盛的荆棘的地方感兴趣。

显然,耶利不需要喝水,维克能够听到它腹部稀里哗啦的水声。耶利贮存的水在肚子里晃来晃去,有时还会从它的喉咙里冒出来,看来它对水丝毫不必担心。毫无疑问,它为自己能贮存这么多水而感到自豪。它能贮存一个星期至十天的用水,还能把食物转换成脂肪贮存在驼峰里。如果驼峰又高又硬,像耶利现在这样,那就意味着它已经吃饱喝足了。经过一个月左右的长途跋涉,路上吃的东西很少,骆驼的驼峰就会像空口袋一样瘪下去。

最后,耶利又想起了那些可口的杂志。它转过身向回走去,哈尔已经给它准备好最新的版本。这是吃完嫩树枝、荆棘和仙人球后的点心,它咕噜咕噜地一通道谢。

维克从他的坐骑身上溜下来,哈尔已经为他肩上的伤口准备了一些消毒剂。维克不满地说:"抹上那些酒精后比咬得还疼。"

他回到家,向吉姆和哈里讲述了一番他征服一只野兽的经历。他们对他的非凡的胆略和高超的技艺大加赞赏。

哈里说:"我预言耶利和维克·斯通的名字将流芳百世,这两个名字将永远被铭记。"

维克说:"说得好极了,请你把它写下来。"

哈里写下来递给了维克。

维克说:"我要把它装在镜框里。"

17

野猪的克星

"父亲要我们捉一只野猪,咱们今天就干吧。"

"野猪是什么样的动物?"罗杰问。

"它们是非常危险的野兽。野猪是猪的一种,体重大约是你的六倍。它脾气暴躁,你永远也别指望它有心平气和的时候。它藏在灌木丛里,当其他动物或人走近时,它就会冲出来行凶。"

"听起来太可怕了,难道咱们不能把它从名单上勾掉吗?"

"不行,既然父亲说了,咱们就得想办法。"

哈尔不知道,维克此时正躲在门外偷听。

"它那么凶猛,我们怎样才能把它捉住呢?"

"不知道,也许它会把我们捉住。我们得带上麻醉枪和套索,还得抱着乐观的希望。"

维克回到仓库把枪拿了出来。

"拿枪干什么?"吉姆问,"你知道这里禁止打猎。"

维克笑道:"我知道该怎么办,亨特兄弟要捉一只野猪,就算他们能找到也别想捉住,因为我会抢先开枪。这样他们今天就抓不住野猪了。"

"你干吗不让亨特兄弟放手干呢?你只会自讨苦吃。"

"我?我知道我在干什么。我的枪法百发百中。"

"真的吗?我可从来没听说过。我把床给你准备好。"

17　野猪的克星

"这跟床有什么关系？"维克问。

"我有个预感，等不到天黑你就要用到它。"

哈尔把车开到一片林区，他觉得这儿是野猪喜欢的地方。这里林木茂密，还长着许多低层树丛——野猪喜欢藏身的浓密的灌木丛。到时候它就会从里面冲出来，扑向任何入侵者。

两个孩子一边仔细地在两边的灌木丛中搜索着，一边蹑手蹑脚地在树林中穿行。他们的每一根神经都绷得紧紧的，野猪的大獠牙随时都可能捅到他们之中某个人的身上。等野猪把一个人干掉后，也许还会回过头来对付另一个。

兄弟俩离他们的小屋并不远，但看起来似乎相隔十万八千里。这辈子他们还能回去吗？

不久，他们就发现猎物了——一头长着长鼻子和大獠牙的巨兽，两颗獠牙伸到嘴外，那是用来对抗敌人的。野猪正在拱开泥土，寻找多汁的树根吃。哈尔举起了麻醉枪。

他还没来得及扣动扳机，就听到一声枪响，打枪的人是个二把刀，子弹从野猪的背上飞过，只擦伤了它的一层皮。

野猪立刻扑了过去——不是扑向亨特兄弟，而是扑向胆敢向猪家族中的霸主开枪的维克·斯通。当两颗又长又尖的獠牙刺进他的肋部时，他疼得号叫了一声。随后，野猪带着把敌人消灭后的心满意足，慢悠悠地走开了。

哈尔手里的枪"响"了。短箭正中目标，但野猪并没有立刻倒下，而是瞪着眼睛四处寻找，想看看钉在它的侧腹上，使它发痒的东西是从哪里飞来的。

它只看到一条蜷蛇。野猪的头脑简单，觉得也许就是这条蛇在找它的碴儿。

它拦腰咬住蝰蛇大吃起来。蝰蛇掉过头来一口咬在它的嘴巴上，并且一次又一次地发动进攻。可怕的毒蛇渐渐占了上风，野猪倒在地上死了。它的死不是由于中了麻醉枪，更不是维克打的。

但此时疼得龇牙咧嘴的维克却把野猪的死归功于自己，以为是他和他的百发百中的枪法把那个恶魔干掉了——他是这样想的。

他摇摇晃晃地站了起来。他得赶紧回家，躺在床上休息一会儿，可腿却不听使唤，一步也走不动。

"用卡车把他送回家。"哈尔对罗杰说。罗杰照办了。

吉姆看到这位伟大的射手一瘸一拐地走进屋子，一头倒在床上不动时，并不感到奇怪。他脱掉那个傻瓜的衣服，竭尽全力想止住从维克肋部的两个洞里流出的鲜血。

"我正等着你，"吉姆说，"可没想到你这么快就回来了。"

"都是亨特兄弟的错。"维克含含糊糊地说，"如果他们不去捉什么野猪，我能受伤吗？"

当罗杰又开车赶回去时，发现他哥哥正进行一场新的搏斗。大概是同一家族的另一头野猪跑了过来，但又被另一条蛇挡住了去路，哈尔意识到这片地区是许多大蛇的聚居地。这回不是蝰蛇了，而是一条三四米长的大蟒，它是被那头野猪踩了一脚才奋起反击的。它仰起头，绕住了野猪的脖子，又把野猪庞大的身躯紧紧地缠住。但是，它和蝰蛇不一样，它不用嘴咬。

"它要干什么？"罗杰问。

17 野猪的克星

"噢,那是一条蟒蛇,也就是说它是一个'压榨机',它紧紧地缠住野猪,使它无法呼吸。如果想捉住这头野猪,我们就得立刻动手,否则等不到回家它就死了。"

邻近的一个村子的几个村民来了。他们一生中见过数不清的怪事,但蛇与野猪搏斗的场面还是头一次见到。

哈尔说:"帮我们把这头野猪抬到卡车上。"

"可你准备怎样把那条蛇从它身上弄下来呢?"

"先让它在那儿待着吧,我们要把野猪放进笼子里——如果它不会由于窒息而先死掉的话。"

村民们帮着亨特兄弟把野猪和绕在它身上的蛇一起抬到卡车上,然后他们也全都跳上车,想看看以后会发生什么事。

到家以后,他们帮着把野猪和蟒蛇一起放进笼子里。哈尔说:"我们得想法把蟒蛇从野猪身上弄下来,否则过不了多久野猪就被勒死了。"

几个人拼命地又拉又拽,但蟒蛇依然纹丝不动。必须立刻采取措施,野猪已经奄奄一息了。

罗杰想出了一个办法,他把卡车倒向笼门,把套索的一端绑在卡车上,另一端套在蛇头上拉紧,然后跳上卡车,启动了发动机。

人干不了的事,发动机办到了,一点儿一点儿地,蟒蛇被渐渐拉开,野猪又能呼吸了。

"要不要捉住这条蟒蛇?"罗杰喊道。

"放它走,"哈尔说,"我们不需要蟒蛇。"

罗杰从蟒蛇身上解下套索,那条蛇一阵风似的溜进树林中不见了。

哈尔去那间仓库想看看维克是死是活。

维克活得很好,他还有劲儿号叫着诅咒命运对他施的诡计。当他看到哈尔时,说:"我饶不了你,我再也不会上你的当了。"

"我对你耍什么诡计了?"

维克咕哝了几句,眼泪又涌了出来。不一会儿,维克就睡着了,他大概做梦也在想怎样向哈尔·亨特进行报复呢。

18 深夜恶魔

巴赫诺村的村长来拜访哈尔和罗杰。

"一头凶猛并且离群的大象给我们造成了许多麻烦。它踩坏了我们的土豆,破坏了我们的一些住房,还害死了我们几个人。你们能帮帮忙吗?"

"他是什么意思?凶猛并且离群的大象是什么意思?"罗杰问他哥哥。

"公象每年都有'交尾期'。"

"交尾是什么意思?"

"就是交配,繁衍后代。这期间,大象会变得野蛮无比,它践踏良田,杀死农夫养的猪,凡是碰到它的人都在劫难逃。它成了一个致命的'破坏狂',这大约要持续一个星期的时间。交尾期过后一般会恢复正常,但也不全如此。"

村长说:"过一两个星期后,我们也许都死光了。如果要采取措施就得马上动手干。"

"它什么时候来打扰你们?"

"晚上。"

"好吧,今天晚上我们就动手。"

"万分感谢。我知道你们在吉尔村办的好事,因此我才来找你们的。"村长满怀希望地回家了,他觉得村里的凶杀和破坏活动可以到此为止了。

"我想不出该怎样对付一头凶猛的大象。"罗杰说。

"咱们去村边占个有利地形,然后搜集些树枝木棒,堆在一起,在晚上9点左右把它点着。我们还得建一个掩体——你是知道的,就是用荆棘搭成一堵墙,我们可以躲在后面。出来观火的动物和人一样,动物也爱凑热闹,也许那只凶猛的大象也会来。"

"如果它来了,我们怎样对付它呢?"

"不知道,说不定它还会把我们结果了。这件事儿危险极了,我希望你最好待在家里。"

"待在家里?我不干!如果你能经受得住,我也能。"罗杰说。

"我们得带条铁链,也许能把它的一条腿绑到树上。"

"但它能把树连根拔起来。"

"如果树足够大它就拔不动了,而且链子还要绑在树的根部。"

"可我们已经有了一头大象,不需要另一头了。"罗杰不同意冒险。

"对,我们当然不需要,任何一个船长都会拒绝把两头六吨重的怪物装上船。我们最多只能请他们运一只。"

"那么好了,"罗杰说,"既然我们一无所获,干吗还要干呢?"

"制服大象只是为了保护村民,但我认为许多动物都会露面的,说不定还能抓住一只。无论如何,我们得带上一只笼子,对付老虎我们已很有经验,说不定今晚还能抓住一只。但不管能不

18 深夜恶魔

能成功,只要能拯救那个村庄我就很满足了。"

在巴赫诺村边,他们建起了掩体,是用荆棘搭起来的,有近两米高,几十厘米厚。他们可以躲在后面观察,每一只碰到它的动物都会三思而后行的。掩体旁边有一棵大树,是他们打算绑大象用的,如果它出现的话。他们在离掩体15米远的前方堆起了一堆树枝和灌木,等到9点钟,只要在上面扔根火柴,就会成为一堆熊熊燃烧的篝火。

他们回家吃饭了。"也许这是最后一次晚餐。"罗杰说。

"噢,别太悲观了。"哈尔说。

"跟你开个玩笑。"罗杰说。他正想在这次探险中大显身手呢。

"多穿点儿衣服,"哈尔说,"晚上天气会很凉。"

"我们不是有一堆篝火吗?"

"有是有,但那只是给咱们的动物客人们取暖的,不是给我们的。我们躲在掩体里会冻得发抖。我去拿铁链。你能拿得了装老虎的笼子吗?"

"当然能。可我觉得最好开卡车去。如果我们真的把什么东西装进笼子里,要抬回家可不容易啊。"

9点钟,他们开车来到掩体处。点起篝火后,罗杰在荆棘做的围墙上捅了两个洞,以便能监视在火边徘徊的动物。他们坐在掩体里等待着。10点钟时,一只黄鼠狼出现了;11点时,来了一个比较大的东西,是一只豪猪。

"我想我们会有许多'伙伴'的。"罗杰说。

"我看到灌木丛在剧烈地摇动,"哈尔说,"显然有许多动物藏在里面,但它们不敢出来。别出声。"

由于篝火没给它们造成任何威胁,森林中的动物们开始露面了。两只狼谨慎地东张西望着走出灌木丛,蹲在能烤到火的地方。

又出来一只吉尔狮。其他动物大多数都怕它,因此它希望这片奇异的火光也向它称臣。它吼叫着径直向火堆走去,希望它会逃之夭夭。但火堆没有逃跑,于是它奋勇地走进火堆中,胡须立刻被大火烧着了。它大吃一惊,急忙退出来,在地上打了几个滚儿,把胡须和鬃毛上的火苗扑灭了。

兄弟俩看到有一只金钱豹躲在灌木丛中,它总是习惯于躲在别人看不到的地方,因此,它不再做进一步的冒险了。

一只水鹿,还有一只白斑鹿,一起走出丛林,两只漂亮的鹿也加入了豹子和狮子的行列。

12点钟,他们等待已久的"客人"到场了。它昂首阔步地走了过来,巨大的平板脚踩在地上发出"砰砰"的响声。它发出像火车汽笛一样的尖叫声,其他动物都纷纷避开这头凶猛的大象。

一只黑猫之类的东西爬上树,躲进树枝里。

那头大象发出喇叭似的叫声,挥舞着长长的鼻子,跳着蹩脚的"小步舞",每一头大象在准备发起攻击以前都会这样。对它来说,火也是活的东西,因此也不能放过。它冲进火堆,一边尖叫着,一边在灰烬上乱踩。但火最终赢得了比赛的胜利。大象拖着被烧得疼痛难忍的腿逃了出来,向躲在树丛中的豹子扑去。

豹子没有仓皇逃窜,而是飞身一跃,落到大象的背上。它用又长又尖的爪子紧紧抓住大象,牙齿深深地咬进大象的脖子

18 深夜惡魔

大象疼得尖叫一声,挥起鼻子,把豹子从背上抽了下去。

这个怪物又注意到了掩体。它用尽全力冲了过来,鼻子和脑袋都扎进荆棘中。那只十分敏感的鼻子被刺得伤痕累累。大象更加愤怒了,如果它再冲击一次,掩体就会彻底崩溃,躲在里面的亨特兄弟也就完了。它又一次冲过来,掩体倒了。

但两个孩子已经不在里面,此时他们正手提铁链站在树下。铁链闪电般地飞了出去,把大象的一条腿牢牢地锁在树上。

大象的叫声一直传到几千米远的地方,躲在树上的"猫"被吓得掉了下来。哈尔把它推进笼子里,打亮了手电。

"原来是只黑豹,太幸运了。"

"黑豹是什么?"罗杰问道。

"是豹子家族中的一员,但长相却不一样。它全身都是黑色的,看起来像块煤,于是人们给它起了另一个名字——黑豹。在某种程度上,它比金钱豹更珍贵,因为它太奇特了。父亲得到它一定会很高兴的。"

村民们纷纷拥到村口,想看看到底发生了什么事。他们看到曾经践踏庄稼、毁坏房屋、害死村民的"破坏狂",现在已经再也不能搞破坏了。大象仍然跳着、尖叫着,大树也被拽得东摇西晃,但没有倒下来。

哈尔和罗杰回到他们的小屋美美地睡了一觉。

第二天早晨,罗杰说:"我们不能把它总拴在树上。你准备怎么处置它?干吗不把它打死?"

"不必那么干。"哈尔说,"它又大又壮,力大无穷。等它不发脾气后,一定会很有用的。我想去见见阿布·辛。"

18 深夜恶魔

"谁是阿布·辛?"

"你忘了——阿布·辛柚木公司?"

"他们根本就用不着那样一只野象。"

"不一定吧。"哈尔说,"我们看看阿布·辛是怎么想的。"

在贮木场他们遇到了阿布·辛本人。

"我们在巴赫诺村外用铁链捉住了一只发疯的野象。我们拿它没办法,可也许你行。"

"它怎么了?"

"它正处于交尾期。"哈尔说,"处于现在这种状态对你是没有用的,但一个星期后它就会恢复正常的。它看起来非常强悍,力大无比。你也许能把它训练成一个优秀的木材搬运工。我们一个卢比都不要。"

阿布·辛想了想说:"好吧,我不会错过这个好机会。我会派两只驯服的大象去,一边一只把它紧紧夹在中间,它就不能胡闹了。等它过了这个神经敏感期我们再把它解下来。但我不明白你们为什么不自己留着。你们来这儿的目的不就是捕捉动物吗?"

"是的,"哈尔说,"我们已经有一头了,一头就足够了。"

这样,那头大象就留给了阿布·辛。两个星期后,阿布·辛告诉两个孩子,那头大象干起搬运工的活儿来好像是个熟练的老手。

19

狼和"狼狗"

"嗷——嗷——喔——喔——"

一阵怪叫声把罗杰惊醒了。

"那到底是什么声音?哈尔,醒醒,听到了吗?像是狼在嗥叫,开始时比较低,很快就变成了尖叫'呜',然后音调又降低了。"

"你说对了,"哈尔说,"是一只狼在叫。不过有点儿奇怪,因为印度的狼不经常嗥叫。"

又一阵叫声打断了他的话,"嗷——汪——嗷——。"

"不可思议。"哈尔说,"中间怎么会夹着汪汪声,这分明是犬吠声,而不是狼嗥。狼可不会汪汪叫。中间的是狗的叫声,而开始和结束时是狼的叫声。你怎么解释呢?"

"我解释不清。"罗杰说。他早就下了床,正在穿衣服。哈尔急急忙忙把衣服穿好。两个人没吃早饭就出发了。

他们跳上卡车,向传来嗥叫声和犬吠声的方向驶去。

"如果我们不快点儿,"哈尔说,"可能就见不到它们了,因为它们行踪不定,不会在一个地方待很长时间。它们一天可以移动40~60千米,而且跑得很快。除了猎豹,其他动物很难追上它们。"

"猎豹每小时可以跑100多千米,但很快就成了强弩之末。

19 狼和"狼狗"

而狼可以马不停蹄地跑整整一天或一夜。如果它们发现了食物,我们也许能及时赶到。"

"它们吃什么?"

"小至老鼠,大至鹿,各种动物它们都吃。它们最喜欢吃的是兔子和老鼠。在美洲,它们经常尾随水牛群,把掉队的、生病的、死亡的水牛吃掉。它们还捕食马匹,在苏联,它们常常追逐雪橇,不是为了伤害雪橇上的人,而是意在吃掉拉雪橇的马。"

"你是说它们不伤害人?"

"几乎从不伤人。"

"那太好了。"罗杰说,"大概是因为它们不喜欢我们的肉的味道吧。"

"它们很聪明,和狐狸一样狡猾。它们明白如果杀了人,自己的命也保不住。如果一大群狼在一起,它们也会攻击人。那种情况在这里恐怕不会发生,因为据我所知,印度的狼群很少有超过六只的。"

"你说它们四处流浪,难道它们没有家吗?"

"有,它们每隔一段时间就要回家一次。如果地上有一棵空心的树干,它们就会把它当成家。或者在小山坡上打一个大约十米长的洞,在洞的底部建一个家,一个甜蜜的家。"

"我觉得我们离它们越来越近了,"罗杰说,"嗥叫声越来越响了。"

哈尔把车速降下来,汽车缓缓地向前驶去。他们绕过一个小山丘,前面出现了狼群,共有七只狼。它们盯着卡车,却没有逃跑。

现在,孩子们该研究一下为什么其中的一只狼既能嗥叫又能发出犬吠声。

它们的个头都很大,足有一米多长,长着浓密的、厚厚的毛,可以抵御高山上冰天雪地的严寒。

哈尔说:"你看它们的耳朵有多短,在雪山上长长的耳朵会被冻伤的,因此大自然就赋予它们不易冻坏的短耳朵。"

"它们的嘴巴多可怕啊!"罗杰说。

"用那强有力的嘴巴,它们几乎可以置任何动物于死地。它们长着42颗牙齿,每一颗都坚如铁石。"

"快看,那只跳起来了,它一下肯定能跳五米远。它们为什么不怕我们?"

"它们很聪明。"哈尔说,"它们看见我们没带枪。"

"瞧,有一只朝这边跑过来了。"罗杰惊叫道。

这只狼见到人似乎很高兴,它一直走到车下,呜呜地叫着,像是想让人轻轻地拍一拍。罗杰壮着胆子走下车,在那个长着浓密的长毛的脖子上捋了捋,于是那只狼就发出了夹杂着犬吠的嗥叫声。

"就是这只。"哈尔兴奋地喊道,"就是我们听到的会'汪汪'叫的那只,它不是狼,也不是狗。它的父母,一个是狼,一个是狗。父亲说过要一只狼,那好,我们现在就捉一只。但还要把这只狼狗弄回去,它很珍贵,一定会吸引许多人的。"

被哈尔称为狼狗的动物跳上卡车,走到车座后面,把头伸到两个孩子中间。

"我想它是跟定我们了。"哈尔说,"这是最省劲的一次捕猎。

19 狼和"狼狗"

实际上不是我们抓住它的,而是它主动跟着我们走。多么友好的动物啊!狼狗已经到手了,现在该去捉一只狼了。"

哈尔熟练地抛出套索,套住了一只最大最强壮的狼。他和罗杰抓住绳子,把嗥叫着的狼拖到车后面。

"我把它弄上卡车。"罗杰说。

"你干不了,"哈尔说,"它大概有100千克重。"

罗杰走到车后,抖动着绳子。狼被激怒了,它蹿上卡车,怪叫着,准备教训一下这个胆敢打扰它的年轻人。

但罗杰已经换了个地方,站到笼子后面,笼子门是打开的。这只狼可不懂什么是笼子,它一心要抓住近在咫尺,就站在笼子后面的男孩。它走进笼子,罗杰溜到前面把笼门关上了。

大功告成——一只狼到手了。那只狼狗是自己送上门的。显然它很长时间没有看见人了,因此决定跟随他们。不用把它关进笼子里,它那狗的本性使它对狗的好朋友——人非常信任。

这样,狼和狼狗来到了营地。狼被关了起来,而狼狗却是自由的,不必担心它会逃跑,因为在营地里它被当成宝贝,每天吃得饱饱的,而且还不会遇上任何危险。

快到中午了,他们才开始吃早餐。哈尔说:"罗杰,还记得杰克·伦敦的小说《白牙》吗?写的就是关于狼狗的故事,还有基普林写的关于一个被狼养大的、名叫莫利的小男孩儿的故事。那个故事发表后,又出现了许多关于狼孩儿的故事。这种事在印度不足为奇。其中一个故事说,一个小孩儿刚出生就被遗弃了,后来被狼收养了。他手脚并用在地上爬,一句话也不会说,但能像狼一样嗥叫。当然,这只不过是个故事而已,不过许多人对此都确信无疑。不管怎么说，这些故事告诉我们，一些人很信任狼，他们发现狼的本性中有很多善良的地方。我认为最优秀的品质是当狼和狗合而为一时才表现出来，就像我们的新朋友狼狗一样。"

20 水上之家

哈尔一直在竭尽全力捕捉动物,累得筋疲力尽,几乎病倒了。他需要休息一段时间。

"你瘦得像个鬼,"罗杰说,"干吗不放松一下?"

"我也一直想休息几天,"哈尔说,"你觉得去克什米尔山谷玩一两个星期怎么样?那里是世界上最优美的风景区之一。"

"那太好了,"罗杰说,"我听说过,那是个溪谷,对不对?那儿有宽敞的游艇,也许我们还有幸能租到一艘,住在上面。但谁来照顾咱们的动物呢?"

"麻烦就在这儿,"哈尔点点头说,"它们每天都需要人喂,还要防止像住在仓库里的那三个家伙一样的恶棍把它们偷走,得找个人看着它们。我去找阿布·辛,我们曾送给他一只价值很高的象,也许他愿意帮我们的忙。"

阿布·辛正在吃饭,他见到哈尔非常高兴,"来,我的好朋友,坐下一起吃点儿吧。"

"谢谢,我已经吃过早饭了。"哈尔说。

"看样子你还没吃饱,要不然就是需要休息。你干起活来就不要命,干吗不放松一下?"

"我也在考虑这件事,可那些动物需要人照顾。每天得有人喂它们,还要提防那些对它们觊觎已久的小偷儿把它们偷走。"

"你为什么不找我来帮忙?"阿布·辛说,"我不能亲自去,但我可以派我的一个手下人去那里。"

"你太好了。"哈尔说,"可他必须从早到晚都忙个不停。他可以住在我们的小屋里。"

"能帮你们这个忙我感到很高兴。"阿布·辛说,"你们帮我干的事情太多了,你们送给我的那只大象在我们这里是出类拔萃的。"

他走到门口叫来一个驱象人,"阿克巴,这是哈尔·亨特,他被允许在吉尔森林区收集动物。他已经收集到了一批,但这项工作非常辛苦,他和他弟弟准备休养一两个星期。他们不在时,我想让你去照顾他们的动物,每天给它们喂食,注意别让人偷走。你可以住在他们的小屋里,能让我放心吗?"

"当然,主人。我什么时候动身?"

"马上。跟哈尔一起回去,他会告诉你每种动物喜欢吃什么东西。"

哈尔很喜欢阿克巴,觉得这件工作对他再合适不过了。他和罗杰可以脱开身出去玩了。他们立刻动身前往新德里,在那儿转乘飞机去风景优美的克什米尔山谷。

飞机翱翔在高高的云层里,穿过一条细长的峡谷,降落在他们有生以来从未到过的最漂亮的风景区。

这个山谷像个摇篮,四周被喜马拉雅山高耸入云的山峰环绕着。杰卢姆河从山谷中潺潺流过,形成几十个湖泊。谷地中一片翠绿,就像是刚染过一样。下面的平原气温很高,但这里的空气却凉爽宜人。英国人统治印度时,每年夏天统治者们都要到克什

20 水上之家

米尔来避暑,他们住在游艇上。现在英国人已经走了,但游艇还在,300艘游艇一字排开,等待着游人去租用。

一下飞机,两个孩子就去找游艇。他们选中了一艘名叫"孤星"的船。在他们的要求下,小船撑过戴尔湖,驶进一个风平浪静的小湾,停在铺满荷叶的水面上。这些植物漂亮极了,它们的叶子有雨伞那么大,荷花更是美丽动人。

孩子们觉得他们仿佛进了仙境。这里是一个被隐藏起来的秘境,是一个世外桃源。来此一游,终生难忘。几百年前印度的国王就把这里作为夏季避暑的行宫,其中一个国王写道:

克什米尔是一个四季如春的花园,它那翠绿的草地和迷人的小瀑布是用任何优美的语言都无法形容的。数不清的小溪和喷泉,伴随着潺潺的流水,显得格外清新。春季,小山丘和平地上开满了绚丽的鲜花,令人心醉。

雄伟的喜马拉雅山戴着冰雪的王冠,一道道冰川闪烁着微光,把山谷包围起来。苍翠的植物使山谷内充满生机,其中点缀着一条条银丝般的小溪和蓝宝石一样的湖泊,宽阔的杰卢姆河穿过一个又一个可爱的湖泊,流向浩瀚的印度河。啊,这里简直变成了喜马拉雅山脚下的威尼斯。

这里的山是世界上最高的,这里的一切都在海拔2400米以上,有一座山峰直插云霄,海拔7800米,另一座海拔8400米,而具有"世界屋脊"美称的珠穆朗玛峰海拔8844.43米,就连克什米尔山谷海拔都在1600米以上。

其中，一个山顶好似一座童话般的城堡，一个山顶仿佛是皇帝的宫殿，还有一个山顶则像古代的堡垒。

"去看看咱们的'水上之家'吧。"哈尔说。

在旅馆里他们只能订一套房间，而在这里他们拥有7间屋子，所有的房间装修得都很考究。天花板是用优质木材制成的，窗户宽敞明亮。透过窗户，他们可以尽情地欣赏外面的景色。地毯很厚，圆鼓鼓的灯笼是用骆驼胃制成的。一段楼梯通向平坦的屋顶，屋顶平台有30米长，可以在上面散步，还可以坐在上边休息，观赏四周的美景。

"世界上没有比这儿更好的疗养胜地了。"哈尔说。

"水上之家"还有电灯、电风扇、双人浴室、藏书丰富的图书馆、手工雕刻的家具和油画。这座水上宫殿不仅这些东西一应俱全，而且还有更多的设施。

它没有厨房，这是一件好事儿，因为没有厨房，从炉灶里冒出的黑烟也就不存在了。在"水上之家"后面大约十米远的地方，有一艘"厨房船"，所有的饭菜都是在那里烹制的，所有的食物也都放在那里。到了进餐时间，一个男仆从"厨房船"里端出一盘盘食物放在餐厅的桌子上，然后男仆侍立在一旁为两个幸运的游客服务。

还不仅这些。"水上之家"虽然本身不能移动，但它的船头上系着一艘十几米长的导游船，四个水手日夜值班，无论白天黑夜，你想去哪里，他们就会把你送到哪里。如果你有兴趣，还可以在午夜2点做一次旅行。

"这有点儿像威尼斯的平底船，"哈尔说，"但比它舒服多了。

20 水上之家

你不必直挺挺地坐着,而可以躺在那些柔软的垫子上。这些垫子可以随意垫在身子和头的下边,也可以垫在脚下。上面还有天窗,拉起窗帘,既可以遮阳又能挡风。咱们去兜兜风吧。"

他们急不可待地走进导游船,冲微笑着的船夫点了点头,打着手势说他们想在湖上兜一圈。然后他们一起下到一艘名叫"和平之家"的小船上。

导游艇在荷叶上擦过,叶子有一米宽,粉红色的荷花美丽极了;水百合高高的花柄在微风中摇摇摆摆,像亭亭玉立的少女一样优雅。天空湛蓝湛蓝的,没有一丝云,静静的湖水一望无际,山峦倒映在平静如镜的湖面上,如一幅优美的风景画。一个人弹着莎兰吉琴[①],唱起了轻柔的歌。

"谁知道以前哪个国王坐过这艘船呢?"罗杰说,"我觉得我就是个国王。"

空气清澈异常,离他们很远的物体都能看得清清楚楚,他们仿佛是透过一副魔镜在看周围的一切。这里没有污染,清爽的微风使人精神振奋,难怪许多克什米尔人能活到 100 岁。

几艘导游船从他们身边驶过,他们清清楚楚地看到了那些导游船的名字:"舞女号""春天的玫瑰号""克什米尔荣誉号""摇滚乐号"。

莎兰吉琴手唱完一曲之后,四周静悄悄的,只有船桨划水和黄胸蓝背的翠鸟捕鱼时发出的声音。

没有马达的轰鸣声,没有快艇掠过水面,平静的湖水像一面

[①] 莎兰吉琴:一种音色近似中提琴的印度弦乐器。——译者注

大镜子，映出了群峰的倒影。

"瞧那片花园！"罗杰高兴地喊道。

尽管繁花似锦，但那里却不是花圃，它们是从前的国王建造的美丽的公园。这些公园沿着湖滨绵延几千米，巨大的法国梧桐和加利福尼亚五六十米高的红杉一样粗壮古老，无数小溪、瀑布和喷泉散布其间。导游船在阿克巴国王建造的"微风花园"旁边划过，"快乐花园"的喷泉散落在周围十个平台上。"皇家之春"是沙·杰汉国王设计的，他也是泰姬陵的设计者，这座陵墓号称是世界上最漂亮的建筑。

在这里，孩子们又变得精神焕发。一个星期后，他们租了辆车，开到海拔3600米的列城。

这里没有克什米尔山谷那么宜人的气候。稀薄、干燥的空气既挡不住炎热的阳光，又不能在太阳落山后起保温作用。中午时气温高达60℃，午夜时却能降到5℃。

列城人以饲养牛和牦牛为生。他们种大麦和大米，知道许多动物的习性，如水獭、羚羊、大角野山羊、喜马拉雅黑熊、瞪羚、白斑鹿、麝鹿、豹子、狐狸、黑背豹、狼、猞猁以及漂亮潇洒的雪豹等。

遗憾的是，他们没有交通工具，不能把其中一些动物运回设在吉尔森林区的营地。不过这没关系，以后在吉尔的山上还会有机会的。

亨特兄弟先来到新德里，然后回到吉尔森林区，又看到了那些受到驱象人精心照顾的动物。实际上，他们还捉住了一只漂亮的黑白相间的大熊猫。它来自邻近的中国，是他们捉住的那只红

20 水上之家

色的小熊猫的堂兄弟。

"又回到家太好了。"哈尔说,"更让人高兴的是动物一只也没丢。"他塞给阿克巴一些钱,可这位驱象人说什么也不要。

"你已经给过钱了,"他说,"而且已经多出了上百倍,你送给我们的大象是个搬运能手。只要你们有困难,尽管说好了。"

21

罗杰的野水牛

一天,当他们正在森林里搜寻时,遇到了一群野水牛,大约有30头,这是仅次于印度野牛的最大、最危险的野牛。

这种野兽身躯庞大,体重超过一吨。它们转过身来,气势汹汹地昂起头,喘着粗气,告诉新来的人他们不受欢迎。

"最好爬到树上去。"哈尔说。

一头野牛向罗杰猛地冲过来,它个头儿最大,大概是这群野牛的头儿。罗杰飞快地爬上一棵菩提树。脾气暴躁的野牛停在罗杰占据的那棵树下,跳起来用长长的犄角去挑罗杰。

你大概觉得一头体重超过一吨的野牛不会是什么像样的舞蹈家吧,但这只怒气冲天的野兽却表演了精彩的波尔卡、华尔兹和探戈,它甚至后腿着地直立起来用犄角去挑它的对手。

"我们得把它捉住送给父亲。"罗杰喊道。

"对!'她'最合适了。"

"你说什么——'她'?哪有像它这么粗野的女士?"罗杰质问道。

"也许你对女士还不太了解,"哈尔说,"有时她们相当粗野。如果能够着你,这位'女士'用不了一分钟就能把你撕得粉碎。"

"可我不能一整天都待在这个地方啊。"罗杰说,"我该怎么办呢?"

21 罗杰的野水牛

"就在那儿待着吧，"哈尔建议道，"我想你的朋友根本就不想走，'她'太喜欢你了。"

"'她'为什么偏偏选上我？'她'干吗不去追赶你？"罗杰感到莫名其妙。

"因为我站着没动，它大概以为我只不过是一棵树而已。水牛的视力不太好，但它们的嗅觉十分灵敏。也许你身上的气味太好闻了，它们抵御不了你的诱惑。"

"你可以开玩笑，"罗杰说，"可如果我得在树上待一天，说不定还要搭上一个晚上，这可不是开玩笑的事儿。"

但这位野牛"女士"已经等得不耐烦了，它迫切希望用犄角刺穿这个捣蛋鬼。它够不到罗杰，于是就换了另一种方法：它要把罗杰从树上摇下来。

它退后几步，一个冲刺，使尽全身力气冲过来，庞大的身躯撞在树干上。随着菩提树一阵剧烈的摇晃，罗杰从树上摔了下来。

但他没有掉到地面上。罗杰睁开眼，发现自己正骑在那位"女士"的背上。牛背太宽，他的腿几乎没法叉开。但他还是拼命地伏在牛背上，野牛驮着他漫无目的地向远处跑去。哈尔急忙追了上去，他能赶上水牛，因为它身体太重，根本就跑不快。

整个森林都被这场角逐搅得不安起来。小鸟像男孩吹口哨似的放开喉咙歌唱着；鸽的叫声有点儿像说"是你干的吗？是你干的吗"；猴子的尖叫声在森林上空回荡着。它们从未见过这种场面，这回可大饱眼福了。

哈尔费了好大劲儿才把套索套在一只牛角上，但却无法拖住狂奔的野牛。相反，他一跤摔在地上，被野牛拖出很远。

21 罗杰的野水牛

鹤似乎在嘲笑他们:"是你干的吗?"它在开两个孩子的玩笑。如果说有谁在策划这一切,那就是这头庞然大物,而不是亨特兄弟。小鸟的叫声中也加上了一分嘲弄。

他们跑到一个泥坑边上。水牛喜欢泥坑,越黏糊越好。泥浆在热天里能防暑降温。从泥坑里爬出来后,身上糊了厚厚一层泥,可以防止蚊虫的叮咬。

于是,水牛带着背上的骑手一起跳进了泥坑。泥坑很深,一直没到罗杰的脖子处。水牛除了眼睛和鼻子外,全身都浸没在泥水里。

这个地方不错,水牛愿意整天都待在这里。罗杰浑身上下都是泥,成了个泥人,他爬出来后一定够好看——如果他还能出来的话。小鸟和猴子们觉得这个节目太精彩了。

一只巨大的鱼鹰在低空盘旋着,以便能看得更清楚。它的巢筑在树顶上,像小汽车那么宽大。忽然,它那敏锐的眼睛发现附近的河里有条鱼,于是就像石头坠地一样直冲下来,一头扎进水里,出来时嘴里衔着一条鱼。这比观看一个小男孩在泥水里折腾更有趣。它心满意足地向巢穴飞去,但还没等飞到窝里,一只老鹰不知从哪里俯冲过来,一口咬住鱼飞走了,大概是去喂它的雏鹰了。

一群黄蜂"嗡嗡"地在两个脑袋上方盘旋,那是罗杰和水牛的脑袋。水牛把头全部沉到泥水里,避免了一场飞来横祸,黄蜂只好从它的上面飞走,集中到另一个头顶上,为了免受被蜇之苦,罗杰不得不向水牛学习,把他的头也沉到泥水里。等他再也憋不住气,从泥水里探出头来时,高兴地发现黄蜂已经飞走了。

不过，如果他看到自己头上脸上都是泥浆时，恐怕就不会那么高兴了。

哈尔忍不住哈哈大笑道："你看起来像是刚从坟墓里爬出来的，我那个漂亮的弟弟哪儿去了？"

"别开玩笑了，"罗杰说，"你该想想我们怎样才能离开这个泥坑。我有个办法，不知道行不行，但值得试一试。"

"那么，是什么好办法呢？"

"我没说那是个好主意，但总比束手无策好。你已经套住了一只牛角，把绳子的另一头递给我，我把它绑到另一只牛角上。"

"干什么？你是不是疯了？"

"也许是，"罗杰说，"快把绳头递给我，咱们看看这样行不行。"

罗杰把绳子绑到牛角上拉紧，把多余的绳子抓在手里。

"你到底要干什么？"哈尔焦急地喊道。

罗杰解释道："如果我的'女士'和我出了泥坑，我们怎么回营地呢？我们不能期望这位'贵夫人'会径直走到营地，钻进笼子里。我想我有办法解决这个问题，我手里一共有两根缰绳，拉左边的一根，它的头就会转向左边，拉右边的一根，它的头就会转向右边。"

"你怎么想到它会掉头呢？"

"如果它的犄角短就难办了，但长犄角省了我很多劲。我觉得能成功，但不敢保证。"

"好吧，"哈尔说，"但从哪儿开始呢？"

罗杰说："如果你愿意在我的肥胖的朋友的屁股上捅一捅，

21 罗杰的野水牛

它大概会从这儿爬出去,然后我就可以驾驭着它回营地了。"

"你真是个大傻瓜。"哈尔尽管这样说,但还是捡起一根尖木棒在水牛的屁股上捅起来。由于感到不像以前那么舒服,水牛决定离开这个可爱的泥坑。又捅了几下,水牛挣扎着从泥坑里爬了出来,从头到脚覆盖了一层厚厚的泥巴。

哈尔笑了:"它看起来和你一样。"

水牛向相反的方向走去。罗杰使劲儿拉着系在左犄角上的绳子,水牛的头转向左边,直到转到正对着营地的方向,罗杰才不拉了。当这个庞然大物改变方向时,他就轻轻地向左或向右拉一下绳子,让它转向正路。

要想回家就必须过一条河。河上有一座桥,但谁知道它能不能承受得了一吨的重量呢?水牛"女士"一看到它就吃了一惊,也许它比骑在它背上的罗杰更了解那座桥能否承受它的体重。它使劲儿地摆着头想沿着河边走,但骑在它背上的人却一定要它从桥上过。

不得已,它上了桥,但当走到中间时,桥突然断了。水牛和骑手措手不及,掉进河里洗了个澡。

但是,掉进清澈的河水里至少把身上的一层污泥冲掉了,真是因祸得福,罗杰很高兴。他爬到对岸,一边拉着牛角,一边向营地走去。哈尔从另一座桥上过了河。

水牛慢悠悠地朝前走着,大概是在回忆那个可爱的泥坑。

"跑到前面去,"罗杰对哈尔说,"打开一个笼子,也许我能把它引进去。"

事情正如罗杰所料,水牛在他的驾驭下钻进了笼子。罗杰从它的背上溜下来,走到笼子外面,关上了笼门。

"嘿,"哈尔说,"你比我想象的要聪明一点儿。"

"谢谢,亲爱的先生,"罗杰说,"谢谢你的夸奖。从今以后,对付野生动物有什么困难,尽管向我请教。"

两个人都笑了。他们很快割了一大堆青草,塞进笼子里,给饥饿的水牛"女士"吃。

罗杰看到那一堆草很快就顺着喉管进了水牛的肚子里,说:"吃得太快,它会胃疼的。"

"不会,"哈尔说,"它有两个胃。食物嚼碎后先进第一个胃,在胃酸的作用下变软,然后又反刍到嘴里,进行第二次咀嚼,再进入第二个胃里消化。这种安排非常合理,如果我们也有两个胃,对营养的吸收就好多了。"

罗杰换了身衣服。哈尔说:"喂,我们也该吃饭了,你早就想喝牛奶了吧。"

"我想,在150千米以内根本就没有什么牛奶。"罗杰说。

"远在天边,近在眼前,这里就有你喝不完的牛奶。"哈尔说。他端着一个锅,走到关着水牛的笼子边。两个孩子高兴地喝着牛奶,这是许多天以来第一次喝到。牛奶很浓,像奶油一样。

"没有一位水牛'先生'能给我们提供牛奶。"哈尔说,"能捉住一位水牛'夫人'是我们的福气。"

22

猴子报警

一天,在森林里考察时,哈尔和罗杰忽然听到一阵刺耳的尖叫声。叫声有点儿像"呷——呷",然后又变成"呜——呜"。他们抬起头,看到树顶上有一只像金猫一样全身金黄的动物。

"那是什么?"罗杰问。

"那种动物在全世界任何动物园里都看不到,它是一种金色的龄猴,一种能报告险情的猴子。动物园对龄猴一无所知,它是最近才被著名的自然学家吉博士发现的。"

龄猴又叫了起来:"呷——呷,呜——呜——呜。"

"看它指示的方向,"哈尔说,"那里一定有危险,也许潜伏着一只老虎。龄猴的肉对所有的食肉动物来说都是美味佳肴,因此猴群中常有一只爬到一棵大树上放哨,监视敌情。那就是一个岗哨,它在为它的部落报警,同时也警告了我们。但我看不出哪里有老虎或其他猛兽啊。"

"我看到了!"罗杰紧张地喊道,"瞧那儿,一只豹子。它爬上树了,就是有猴子的那棵树,准是要吃掉猴子哨兵。"

龄猴发现了向它逼近的金钱豹,它飞身而起,跳到另一棵树上。只有猴子才能完成这样的高难动作。它溜下树,向两个孩子跑来,挤到他们中间。

"它的确需要我们保护。"罗杰说,"看起来,它把我们当成理所当然的朋友了。"

"印度人和猴子是好朋友，"哈尔说，"印度人告诫自己，猴子是神灵，因此他们从不伤害猴子。加尔各答城里猴子成群，它们常常胡闹，制造各种恶作剧，无所不为，但由于它们和牛一样神圣不可侵犯，所以没有人来干涉它们。"

豹子跳下树，跑进树林里不见了，它不敢贸然向两个人和一只龄猴发动进攻。

哈尔拿出他的微型照相机。"我想给这只猴子照张相片，"他说，"它是我见过的最漂亮的猴子。"

他退了十来步，把镜头对准了龄猴。等一切准备就绪时，猴子却不见了。

哈尔抬起头，找到了猴子，又把镜头对准了它。刚要按下快门，猴子又跑了。第三次时，他明白了，龄猴不是等着拍照，而是每次都飞身跃到哈尔身后，凑过去看照相机。多么可爱而友好的动物啊，但要给它照张相可太难了！

他们该回家了，哈尔把龄猴背到肩膀上。路上他们遇到了维克，他也背着个动物——一只黄鼠狼。

"我为你捉的，"维克说，"你得出50美元。"

哈尔不想要黄鼠狼，但他已经向维克许下过诺言，每抓住一只动物给50美元。于是，他把钱拿了出来。

要想紧紧抓住一只黄鼠狼是很困难的。这个小东西从维克的手中跳到地上跑得无影无踪了。

维克却利令智昏，他仍然认为他该得50美元。

"我替你捉住了，"他说，"你得给我钱。"

22 猴子报警

"等我看到它关在笼子里时就付给你钱,"哈尔说,"东西没到手我不能付钱。"

"可我抓住了,"维克嘀咕着,"它跑了能怪我吗?"

"当然要怪你,"哈尔说,"是你没抓紧它才逃跑了。你不交货我就不付钱。"

维克不高兴了。"你这个大骗子,"他恶狠狠地说,"这件事咱们没完。你别想骗我,你赖不掉。"说完,就迈着大步气愤地回他的仓库了。

"卑鄙的家伙。"罗杰说,"你为他干了事他从不知道感谢,总以为他享有不劳而获的特权。你最好当心点儿,我敢打赌,他现在就在打你的鬼主意。"

回到营地后,他们把龄猴放进笼子里。可惜,笼子不是金制的,这只引人注目的动物只好屈尊大驾了。

"不知道它吃没吃饭。"罗杰说。

"哨兵在执勤时从不吃东西,它每时每刻都要注意着周围的情况。因此它大概很饿了。"

"它吃什么?"

"树叶、青草、毛虫、昆虫、水果、蜘蛛、坦兰图拉毒蛛、蟑螂,只要是能生长的植物和会爬行的小动物它都吃。"

于是罗杰搜集了一些树叶、水果、毛虫、昆虫、蜘蛛、爬虫、小鸟、蝎子和其他类似的东西。这些都是龄猴心爱的食物,一看到这些东西,这位漂亮的客人就立刻狼吞虎咽地吃了下去,并以"呜——呜"的叫声向罗杰表示感谢。

"如果你能找到一些盐渍土,它也喜欢吃。"

22 猴子报警

罗杰找到一块盐渍地,抓了一些送到笼子里。龄猴美美地品尝着它的可口的点心。

午夜时分,龄猴开始报警了。它"呜——呜,呷——呷"地叫起来。

"哨兵向我们报警呢,"哈尔说,"出事了。"

他们穿着睡衣跑出来,发现维克把小屋点着了。罗杰提着水桶赶去救火。哈尔抓住维克,把他扔进了河里。维克像个落水狗一样爬出来,慌慌张张地向仓库跑去。一边跑还一边出言不逊,威胁亨特兄弟道:"下次就不会这样便宜你们了。"

两个孩子走过去向可爱的龄猴道谢,没有它的警报,他们的小屋早就成了一堆废墟。罗杰把手指从铁丝缝中伸到笼子里,龄猴吸吮着,亨特兄弟和他们的"救命恩人"的友谊真令人不可思议。

23

哈尔的懒熊

"他是谁？我从来没看到过。"哈尔说。

他们看到前面有一个人正顺着小路向前走。那个人可真够古怪的，尽管天气热得出奇，他却穿着一件一直拖到地上的皮大衣。更有甚者，大衣还像个头盔一样连脑袋都包了起来，前额、耳朵和脸都裹得严严实实，只有眼睛和长嘴巴露在外面。

"天气这么热，他还穿得这么多，一定是个疯子。"

那个人差不多有1.8米高，眼睛一定是深度近视，而且耳朵也不太好使，因为他似乎既没看到两个孩子，也没听到他们的脚步声。亨特兄弟躲进树丛中观察着。

穿皮大衣的那个人的举动也出人意料。他伸出舌头，这是什么舌头啊，至少有几十厘米长。在他身边有一个白蚁洞，他把舌头伸进去，等舌头上爬满白蚁时，才把舌头卷到嘴里，吞下他的早餐。

任何一个神志清醒的人都不会生吞活白蚁的，而且不管他有没有理智，他的舌头绝不会那么长。

"他不是人，"哈尔说，"而是一只懒熊。它那身黑色的长毛看起来像件皮大衣。"

"可熊也不能后腿直立坚持那么长时间啊。"罗杰说。

"这只熊就能。"

23 哈尔的懒熊

"它真是熊吗？我看它更像个恶魔。"

哈尔说："你提出的这个问题值得探讨——它真是熊吗？自然学家在给这种动物命名时曾有过激烈的争议。它用舌头吃蚂蚁时的神态很像食蚁兽，但它又确实不是食蚁兽，于是他们决定把它和熊归为一类。"

"但你说它是懒熊，为什么要加上个'懒'字呢？"

"因为它和树懒一样动作迟缓——可当它要伤害人或袭击其他猎物时动作却快得惊人。它是最危险的动物之一。当然，树懒和它就大不一样了。你在热带丛林中见过树懒，它们倒挂在树枝上，一天到晚一动不动。懒熊高兴的时候会用后腿直立行走，准备和落到它手里的任何动物来一场摔跤比赛。"

"吉尔森林里有树懒吗？"

"一只也没有，它们只生活在美洲热带丛林里。"

"在父亲要我们捉一只以前，我从未听说过懒熊这种动物。"罗杰说，"他怎么知道呢？动物园里有懒熊吗？"

"从来没有见过，也很少有人知道它。但父亲神通广大，他设法了解到吉尔森林里有懒熊，现在捉住这只懒熊的任务就落到我们肩上了。"

罗杰觉得这件事不难办，"它只是嘴里长着一条长舌头，没什么可怕的。"

"它不是用舌头打架，"哈尔说，"由于距离太远，你看不到它的爪子，它们像一把大约10厘米长的弯刀，像长矛尖一样锋利，用不了两分钟就能把你撕个稀巴烂。"

"那我们怎么能捉住它呢？你带麻醉枪了吗？"

哈尔说:"没带,可我有这个。"他从口袋里掏出一把弹弓,弹弓架上绑着一根从旧车胎上割下来的橡胶带。

"它朝这边走来了。"罗杰紧张地说。

哈尔拾起一块石头,装在弹弓上。等懒熊直着身子走到离他们不到5米时,哈尔开火了。石块"砰"的一声打在懒熊的脑袋上,力量很大,要不是哈尔跳过去扶住它,它就会站不稳倒在地上。

"快!"哈尔说,"趁它被打晕了,还不明白发生了什么事时,把它领回家关进笼子里。"

还好,家就在附近,稀里糊涂的懒熊还没清醒过来,就被关进了笼子。不一会儿,这只"食蚁熊"就撒起野来,用它那可怕的爪子拼命地抓住关住它的铁笼子,发出一阵阵尖厉的叫声和呼噜呼噜的吼叫声。它能产生许多不同的音响效果,能尖叫,能像狗一样低吠,还能发出蜂群飞行时的嗡嗡声。它挺起胸膛,使劲敲打着,发出鼓一样的"咚咚"声,最后变成了低沉的咕噜声。

哈尔向笼子里扔进几根甘蔗,还采了小半口袋紫葡萄似的草莓,这是给他们自己准备的。

懒熊很喜欢这些食物,对笼中生活也慢慢适应了。它想,如果总像今天这样不劳而获,住在这儿也挺好的。

"据说这种熊很聪明。"哈尔说,"它们知道什么时候到哪种树上去采摘成熟的果子,这个月可以吃到浆果,另一个月可以尝尝柊果的滋味。它们变得很驯服,甚至非常温驯。只有极少数动物园展出过懒熊,如果能得到这样一位身穿黑色皮大衣的'绅士',任何一个动物园都会感到幸运的。"

24 攀登

24

攀登

"我想现在该和亨特兄弟见分晓了。"维克对吉姆和哈里说,"别忘了,你们发过誓,要支持我。等哪天他们出去捕猎时,叫几个人帮我们把他们捉住的动物全都运到新德里,卖给印度、缅甸、新加坡和日本的动物园,成千上万元就到手了。你们觉得怎么样?"

"听起来很好,"吉姆说,"要是你能实现你的目的就更好了。看来你什么事都办不成,本来每捉住一只动物你能得到 50 美元,可你捉到的唯一的动物是只黄鼠狼,还让它跑了。"

"我能抓得住吗?"维克说,"它太滑了。"

"你自己也太滑头了。你父亲把你像一件棘手的工作一样扔下不管了,我们不得不帮助你。你什么时候才能认真地开始工作,自己挣点儿钱呢?"

"现在就开始。"维克说,"先给我点儿钱,我马上就去新德里租 20 多辆卡车,等哪天去村里雇几个人帮我们把动物、笼子,连同其他所有的东西统统装上卡车运走。"

吉姆冷笑道:"你以为亨特兄弟会让你为所欲为吗?"

"等他们出去捕猎时我们再动手。"

吉姆和哈里无可奈何地同意了维克的计划,他们把所需的钱给了维克,维克便动身去新德里了。

几天以后，维克兴冲冲地回来报功了，"我租到了卡车，明天就到。现在我想去散散步，顺便看看咱们的动物。"

"别高兴得太早了，那些动物到目前为止还不是咱们的，"吉姆说，"但去看看还是可以的。"

他们来到亨特兄弟的宿营地，只看到那间上了锁的小屋，别的什么都没有了，笼子和动物不翼而飞。除了巴赫诺村的村长以外，周围空无一人。

"这儿出了什么事？"维克问村长。

"你们还不知道？他们两天前就搬走了，把所有的东西都运到孟买，准备装上货船运回纽约。"

"这么说他们现在在孟买了？"

"不，他们准备到山上再捕捉几种动物。他们提起过蓝熊、白虎、雪豹和牦牛。"

"他们干吗不把宿营地扎在这儿，等捉住其他几种动物后再搬走？"

"因为他们担心进山后，动物会被偷走。他们说附近有小偷儿，但没说出谁是小偷儿。"

"但是，"吉姆说，"他们爬山得有工具——带钉子的鞋、冰镐等。"

"是的，"村长说，"他们会在山脚下的一个村庄里买到，那个村子叫阿里格尔。"

"好了，"哈里对维克说，"这下你的计划彻底破产了。"

"还没有，"维克说，"我要追上他们。他们休想这样轻而易举地甩掉我，也许我能给他们制造点儿麻烦。"他小声地在哈里

24 攀登

耳边嘀咕着,以为这样村长就听不到了,"然后我帮他们照顾那些动物——白虎、雪豹、蓝熊,统统归我管。这些名字对我的吸引力太大了。"

村长摇头叹气地向他的村庄走去。话已经说得很明白,小偷能是谁呢?那个维克·斯通就是"当之无愧"的一个。他假装去帮助亨特兄弟,如果他们遇难,那些动物就归他处理。想得多好呀,竟有这样的朋友。

而吉姆和哈里呢,他们已经受够了。他们的发财梦破灭了,妄图成为著名猎手的野心也已不复存在,他们认为不值得给自己惹这么多麻烦,于是决定先到孟买去,然后偷偷地爬上一艘开往纽约的船回家。他们的这个决定使维克难过极了——因为他再也不能从他们那里借到一分钱。他也不能期望从父亲那里得到什么。如果能除掉亨特兄弟,带着那些价值连城的动物逃走,把它们卖掉,就可以得到一两万美元。虽然这比他期望的少多了,但仍然是数目不小的一笔钱。就在他打鬼主意的时候,哈尔和罗杰已经把满载着笼子的卡车开到了海拔3000多米的阿里格尔村,他们在这儿可以买到登山用的工具。

首先,他们买了几件厚毛衣,因为高山上气温很低。还买到了铁钉,把这些钉子装到登山鞋的鞋底上,他们就能稳稳地站在冰雪和岩石上。他们还买了一条绳梯,把它挂在突出的岩石上,就可以爬上笔直的山崖或冰川。还有几把钢锥——一种类似金属钉的东西,一端系着一根绳子,把它钉进岩石中,他们就可以攀登陡峭的石壁。他们还买了黑色的护目镜,防止冰雪把强烈的阳光直接射到他们的眼睛里而患"雪盲"症。还租了两顶帐篷,一顶自己住，另外一顶给他们的职业向导——一位谢尔巴人，他将带着各种备用品，把他们带上极度危险的峭壁。最后，他们还买了一根30米长的绳子。

店主对他们说："当心'也梯'，今年它们非常猖狂。"

"什么叫'也梯'？"哈尔问。

"你们叫它雪人，我们给它起的名字是'也梯'。"

"这个名字不错，"哈尔说，"非常简单，叫起来很顺口，'也梯'。"

罗杰插嘴道："那也是父亲交给我们的一项任务——调查雪人的秘密。"

店主说："许多人上去以后就再也没回来，他们被'也梯'害死了。'也梯'把他们吃掉，连尸骨都不留。"

"'也梯'到底是什么东西？"哈尔问，"是人还是野兽？"

"没人知道它是什么样子，它们行踪难寻。如果你看到一个'也梯'，那你的死期也就到了。有人说它们身高有3米，还有人说'也梯'是27米高、12米宽的妖怪。"

"你有什么证据可以证明这些怪物存在呢？"哈尔问。

"昨天晚上就有一个来过这儿，"店主说，"到外边去，我让你们看看它的脚印。"

积雪上的足迹好像是一个长着至少1.5米长的脚的怪物留下的。

"回店里去，我让你们看看更有说服力的证据。"

他从货架上取下一个巨大的毛茸茸的东西放在柜台上。"这是'也梯'的头皮。"他说。

24 攀登

一看到它,罗杰就起了一身鸡皮疙瘩,"这个'也梯'该是个多么大的怪物啊!"

"这是我剩下的仅有的一张'也梯'头皮了。"店主说,"也许你们愿意买下来。"

"多少钱?"哈尔问。

"嗯,按你们的钱——它值1000美元。别忘了,它是非常罕见的,你们这辈子恐怕再也看不到了。"

哈尔觉得即使再也看不到它也一样过得自由自在。"对不起,"他说,"我们没带那么多钱,也许还会有另一个幸运的买主。"

"我也很遗憾,"店主说,"你们失去了这个终生难得的机会。"

这时维克走了进来,尽管他爬过的那段山坡与日后将遇到的险路相比微不足道,但他还是累得气喘吁吁。

亨特兄弟皱起了眉头,他们原以为把这个骗子永远甩掉了。

"我是来帮你们解决难题的,"维克说,"我知道你们单枪匹马干不了这件事,登山可不是闹着玩的。"

"我们登山的经验很丰富。"哈尔说。

"我爬过威尔士布里肯镇周围所有的山,还爬过卡茨基尔山。顺便说一句,以前的事儿都是你们对我耍的卑鄙伎俩。"

"这次我们又施什么伎俩了吗?"哈尔说。

"不同我商量一下就把所有的动物都运走了。"

"这和你有什么关系?"

"仅仅是因为我可能会帮助你们。"

"是的，"哈尔说，"这正是我们所担心的。"

维克板起了面孔，"你这么说太卑鄙了，但我可以原谅你们。不管怎样，我赶来了，时刻准备效劳。"

"你太好了，"哈尔说，"但这对你来说很危险，他们说今年'也梯'脾气不好。"

"'也梯'是什么？"

"噢，那是一种怪物，它能一口把你吞下去，如果味道不好，还会把你吐出来。"

"你在吓唬我吧？"

"随便问谁都行，他们都知道'也梯'。不信去看看门外的脚印，一个'也梯'昨天晚上来过这里。如果你不相信那些脚印，还可以看看这张'也梯'的头皮，你出1000美元就能把它买下来。"

"这又使我想起了一件事儿，"维克说，"我现在身无分文，你得帮我买一些工具。当然，等我的支票一到马上就还给你。"

"你很清楚，根本就不会有什么支票寄过来。"哈尔说。

不知什么原因，哈尔对这个笨蛋起了怜悯之心。他确实需要有人照顾，他从父亲那里什么也得不到了。哈尔决定留心照顾一下这个无能的傻瓜。

"好吧，"哈尔说，"如果你真心实意地帮助我们捕捉我们追踪的动物，就可以跟我们一起走。"

"这就对了，"维克说，"我知道没有我你们干不好。"

哈尔转向店主。"他要什么就给什么，"他说，"我付钱。"

维克选好工具后，站在柜台后的店主说："镇长传过话来，

24 攀登

说他很想见你们。他住在路边的那间大房子里。"

镇长的房屋是用树枝和泥建成的,然后把许多兽皮缝在一起,盖在房顶上挡雪防雨。

镇长非常好客,"你们喜欢喜马拉雅山——这座世界上最高的山吗?你们愿意和我一起喝杯茶——是这样吧?"

"我们感到很荣幸。"哈尔说。

茶端上来了,有一种说不出的味道,但哈尔和罗杰还是咬着牙喝了下去。维克只尝了一口,就再也不喝了。

"你不喜欢喝?"镇长问。

"难喝死了。"维克说。他从来就不知道什么是礼貌。

哈尔赞赏地观看着抹上泥巴的墙壁。"这种墙防寒功能很强。"他说,"木板墙会有缝隙,而这种墙是完整的,一点儿风都不透。您能告诉我,屋顶是用什么做的吗?"

"是把兽皮缝在一起做成的——豺、瞪羚、蓝熊、水獭、麝鹿、猞猁和大角野山羊等。"

"噢!"维克惊叫道。

"请原谅,"镇长说,"谁是彼得?"

"是他的一个朋友。"哈尔想把事情敷衍过去。

维克尖叫一声,跳了起来。由于屋里没有椅子,他一直坐在地上。不一会儿浑身上下就痒起来。

"啊,"镇长说,"你一直坐在我的蚁冢上。我们自己养蚂蚁,把这些有辣椒味的蚂蚁加到布丁上,味道妙不可言,任何调味品都比不上它们。把衣服脱下来,我的朋友,让我们把蚂蚁弄下来。"

万般无奈,维克只好脱下衣服,镇长亲自动手把正爬在维克身上"聚餐"的蚂蚁摘下来,小心翼翼地放进一个瓶子里,准备为下一顿饭调味用。

"现在你看到了,"镇长说,"这些蚂蚁已使你们活动了一下,不是吗?微不足道的蚂蚁也有自己的美德。我们相信世界上万物都努力追求美好幸福,就连这些不起眼的蚂蚁也是一样。顺便说一下,我希望你们到山上来不是为了捕杀我们的动物。"

"你们的人为了得到足够的兽皮盖房顶,一定杀死了不少动物。"维克说。

"不,我的孩子,"镇长说,"那些兽皮是从冻死的动物身上剥下来的。"

哈尔说:"你问我们来这儿的目的是不是要捕杀动物,我可以告诉你,我们从不伤害动物,我们是为美国和世界各地的动物园捕捉动物的。在动物园里它们会得到精心喂养,比野生的活的时间还要长,因为森林里到处都是荷枪实弹的人。"

"太好了,"镇长说,"你真善良,想参观一下寺院吗?它就在山上。"

孩子们来到了寺院,那里的喇嘛热情地接待了他们。哈尔向他们问起关于"也梯"的事情,问他们是不是相信真有"也梯"存在。

"我们当然相信。"住持说,"几天前,'也梯'来了,在寺院周围嗅来嗅去,想破窗而入。我们吓得不知如何是好,拼命地敲打着钹镲,它们便叫着消失在夜幕中。那叫声就像悲痛欲绝的人发出的哭喊声。"

24 攀登

"这是'也梯'的唯一一次来访吗?"

"不,最近它又来了。一天晚上,当我们快睡着的时候,忽然被脚步声惊醒了。我们透过窗户向外望,看到一个'也梯',它的头大得像一丛灌木,两只眼睛闪着光。我们吓得一点儿也不敢动,谁也不敢去拿枪。最后我们吹起了大铜号,'也梯'才不见了。我们这里有一些珍贵的'也梯'遗骸,如果你们想要,可以卖给你们。"

"现在不想要,谢谢你。"哈尔说,"请问,我们能在这儿住一晚上吗?明天一早我们就动身登山。"

"你们随便吧,"住持说,"如果你们不介意睡在地板上的话。"

25

蝙蝠早餐

地板又硬又凉,天刚蒙蒙亮他们就起来了,住持早已起床。

"你们做祈祷了吗?"他问。

"还没有。"哈尔说。

"你们可以用墙角的祈祷轮。"

"用轮子怎么做祈祷呢?"

"你们大概不知道怎样用转经筒做祈祷吧!"喇嘛说,"我来解释一下。"

他领着他们穿过殿堂来到转经筒旁边。这是一个直径大约有30厘米的轮子,固定在墙壁上。

"现在轮子中间是空的,里面有一张羊皮纸,上面写着1000句祈文,每句都有10个词。你们要做的事是把它从头到尾转一圈,就等于做了1000次祈祷,这比你们西方的祈祷方式进步多了。做完祈祷后,来和我们一起吃早餐。我想你们一定会喜欢早餐食物的,这里的东西你们一定从没吃过。"

喇嘛鞠躬道别,把孩子们留下来做祈祷。

哈尔把轮子转了一圈。

"这是我的1000次。"他说。

罗杰也照样把轮子转了一圈。维克趁他们两人都不注意时,把轮子转了两圈,就等于做了2000次祈祷。这样做也许会使他

25 蝙蝠早餐

全天都走运。

然而报应立刻开始了。他坐在围满喇嘛的餐桌旁,用狐疑的目光审视着眼前盘子里的食物。它黑得像块木炭,看起来像是什么动物的肉,大概是鸡肉,那也不错——他喜欢吃鸡肉。他找好的地方咬了一小口,不禁感到奇怪,肉里面有许多细小的骨头。他吃过的鸡从来没有这么多小骨头。

"这只鸡一定很特别。"他说着,又咬了一口。

"这种东西比鸡好吃多了。"住持说。

"嗯,味道的确不错。"维克承认道。

"当然,你知道这是什么?"住持说,"这是炸蝙蝠。"

维克简直不敢相信自己的耳朵,"你是说——蝙蝠?"

"是的,"那位喇嘛自豪地说,"是大蝙蝠,有时人们也叫它'飞狐',因为它的翅膀伸展开后很像狐狸。"

维克站起身来,走到门外,屋里的人听到了他的呕吐声。"飞狐"通过他的喉咙,从嘴里"飞"了出来。他回来时脸色苍白,像是大病初愈。"这是我吃过的最让人恶心的东西。"他说。不久前他还说味道不错呢。这说明使他感到恶心的不是蝙蝠的味道,而是"蝙蝠"这个名字。人们给他换上其他食物,但他说什么也不吃了。哈尔和罗杰津津有味地品尝着蝙蝠肉。只要味道好,他们就吃,管它叫什么名字呢。他们曾经在印度吃过蚱蜢,在非洲吃过大蟒,在日本吃过生鱼片,在美国吃过鲜牡蛎,既然如此,何不再尝尝蝙蝠的味道呢?

的确,任何其他动物的骨骼都不像蝙蝠那样,细碎的骨头多得出奇,好像是由大大小小的木棒搭起来的。

但如果把黑乎乎的肉挑出来，尝一口，你就会胃口大开，可以称得上是一种美味。它的味道很浓，比鸡肉还要嫩，这是由于"飞狐"只吃水果的缘故。

厨师走了进来，看到孩子们吃得津津有味，感到很高兴。

"你们喜欢吃，我很高兴，但也很抱歉——我们一星期只能吃一次。"

维克想：一次已经够多了。

吃完蝙蝠肉，喝了牦牛奶，还吃了涂满牦牛油的面包。他们精神焕发，跃跃欲试，准备登山。门外有九个谢尔巴人，将随他们一起爬山。他们身上背着哈尔买来的全部装备，另外还带了几条毛毯，几个小油炉，准备在帐篷里生火做饭。还有几瓶氧气，是预备在高山缺氧时补充氧气用的。几个谢尔巴人还买了两只雪橇，每只都有近两米宽。

"这是干什么用的？"哈尔问。

谢尔巴人的首领答道："如果捉住的动物很重，我们抬不动时，就会用到雪橇。"

"你的英语讲得很流利，"哈尔说，"你们所有的人都会讲英语吗？"

"我们必须粗通英语。来这里登山的外国人大多数是英国人和美国人，他们只会讲英语。"

为了寻找野生动物，他们开始了登山探险。维克嘟嘟囔囔，抱怨天气太冷。谢尔巴人的首领坦巴说："天气越冷越安全。所有松动的石块都被冻得结结实实，发生雪崩的可能性就大大减少了。雪冻得很硬，可以在上面行走。架在冰隙上的雪桥也比较坚

25 蝙蝠早餐

固。再过一会儿,等冰雪开始融化时,危险就会大大增加。"

维克恨不得在危险来临之前就回到寺院,但绝不能那样做,他必须坚持下去。

令他无法理解的是,这些谢尔巴人居然会为那么一点儿钱去冒这样的生命危险。住持对孩子们说过,谢尔巴人一个月只挣28美元,靠那么一点儿钱怎么能活下去呢?哈尔要多给他们一些钱,但坦巴坚决反对,"你会把他们惯坏的。"他说。

狂风使他们寸步难行。维克被风刮起来,摔到一个雪堆上;哈尔和罗杰手挽着手,才没被风吹跑;只有谢尔巴人在狂风中行动自如。

他们来到一片冰川上,如果鞋底上没有铁钉,他们可能会一直溜回村子里。前面是一道接一道的冰缝,也就是冰川的裂缝,其中一些有几十米深。如果掉下去,落到石头上很可能被摔死。有的冰缝上架着雪桥,若从上面过去,就等于把自己的生命悬于一线。雪桥不会很结实,很可能当你走到桥中间就塌了,你也就随着掉进深渊里。如果你恰好是最后一个人,就像维克那样喜欢在后面磨蹭,没人会注意到你失踪了,那么在冰缝里不是被冻死就是被饿死,救援是不可能的。

哈尔很想照顾一下维克,但如果他不注意前面的路,很可能撞到一个雪堆上,或掉进冰缝里。

天气渐渐热起来,周围的冰雪开始融化。维克发现了一个雪洞,那里面一定很凉快,他走进洞里,想休息一下再去追赶其他人。

洞里的确很凉爽。维克觉得自己很聪明,能够发现这个舒适的地方。虽然他走得很累，肚子也饿得咕咕叫，但能在这个"避暑胜地"休息一会儿，他十分得意。在他看来，其他人都不如他聪明，竟然从这么一个舒适的洞口外面走了过去。

天气越来越热，洞顶渐渐融化。忽然，整个洞口顶塌了下来，一堆厚1米多的雪把洞口堵得严严实实。洞里顿时一片漆黑。维克分不清东西南北。他开始用手指扒雪，但却扒错了地方。他扒的不是堵住洞口的雪，而是洞壁上的雪。这样做即使他前进几十米也见不到光明。

他自作聪明地走进洞里，而被困在洞里时却束手无策了。他又饿又渴。把雪塞进嘴里固然能解渴，但对"咕咕"叫的肚子却无济于事。雪洞里可没有装满食物的柜橱，他后悔当初不该对吃蝙蝠那么神经过敏，也许他不吃东西就意味着死亡。

他呜呜地哭起来，眼泪顺着面颊往下流。男子汉是不应该落泪的，他渐渐认识到自己不算是个男子汉，而更像一个思念母亲的孩子，但他使母亲过早地去世了。或许他希望来一场大地震使洞口裂开，能为他打开地狱之门的大地震又偏偏不会在此时此刻发生。

坦巴最先注意到一直落在后面的孩子不见了。

"先生，"他说，"你的兄弟在哪儿？"

"就在我身边。"哈尔指了指罗杰说。

"不，我指的是你另一个兄弟。"

"维克·斯通？我很高兴地告诉你，他不是我的兄弟。"

他回头望了望他们走过的小路，根本就没有维克的影子。"也许他已经回村了。"哈尔说。

25 蝙蝠早餐

"不,我看到他一直跟着我们。他一定在路上遇到了危险。"

哈尔不想浪费时间。"这么说我们不得不回去看看了。"

他们开始往回走,从洞口边走过,又走了近两千米,还是没看到维克。

"一定是我们没注意到他。"坦巴说。他们又顺着原路回到雪洞塌陷的地方。

罗杰说:"真有意思,我们第一次经过这里时并不是这个样子。"

正是他敏锐的目光救了维克的命。

为了应付这类意外险情而特地携带的铁锹派上了用场。经过半小时的挖掘,一个人头大小的洞口被挖开了,里面露出了维克的脸。

"我以为你们永远不来呢。"他发起牢骚,"把我丢在洞里,而你们自己走了,这是什么意思?"

坦巴对他的无理感到震惊,但哈尔告诉他说:"别在意,他就是这德行。"

当他们把洞口扩大,使维克能从他的"囚室"里钻出来时,维克对他的救命恩人仍然牢骚满腹。

"我想回村子。"维克说。

"这个主意不错。"哈尔说。

但坦巴不同意。

"他会迷路的,"坦巴说,"他只能跟我们一起走。"

洞里又传出一阵响声,但不是来自维克。哈尔看到洞的深处有一个蓝色的东西在移动。它迈着笨重的步子,咆哮着走了出来。哈尔迅速举起麻醉枪,一支短箭飞向目标。由于那个怪物个头儿太大,他又补了一枪。那只动物停了下来,抬起一只爪子,在中箭的地方揉着。它瞪着面前这些人,好像在考虑下一步该干什么。最后它还是决定先躺下来再想想,几分钟后它就睡熟了。

"你不是想捉一头蓝熊吗?"坦巴问。

"那正是我们想要的。"哈尔说。

"那么,把它弄走。"坦巴说,"它是我见过的最漂亮的蓝熊。"

那头熊个头儿很大,体重大概有 250 千克。它的毛色黑蓝相间,使哈尔模模糊糊地想起店主给他看过的"也梯"的头皮。

大伙一起动手,才把沉重的蓝熊装上雪橇,然后全部人马立即返回阿里格尔村,把巨大的蓝熊关进笼子里。

等它醒来时,便开始在笼子里横冲直撞。直到人们扔给它一些吃的东西,才安静下来。

至于维克嘛,他仍然昏昏沉沉,想不起发生的事情。他刚清醒过来,一想到他曾经和一只蓝熊"同甘共苦",就又昏过去了。

26 追踪可怕的"雪人"

"'也梯'分好几种。"第二天,当他们沿一个稍稍不同于前一天的方向攀登时,谢尔巴人的首领对哈尔说,"一种长着浓密蓬松的毛发,站起身来有3米高,但更多的时候它像熊一样四脚着地爬行。这些'也梯'最让人头痛,因为它们捕捉我们的牲畜。还有一种吃人的'也梯',它们的头顶尖尖的,特别是雄性的,头发又粗又长,一直盖住它的眼睛。它经常像哭丧一样尖号着,直到找到一个人,不管是男是女还是孩子,它都毫不留情地吃掉。我们从未找到那些被害者的遗骨。很明显,'也梯'的嘴巴太厉害了,能把骨头嚼碎,就像吃肉一样毫不费力。我的许多朋友都是上山后一去不复返,很可能是被这种'也梯'吃掉了。

"有一种更凶残的'也梯',它能像吃葡萄一样把一群人都吞下去。

"大个儿的'也梯'足有六米高,长着长长的头发,样子像只大猩猩,但行动却不像。大猩猩从不吃人,而这种'也梯'却把人肉当作最可口的食物。

"还有一种个子更大的'也梯',长着血红的眼睛,牙齿足有一米长。

"另外一种'也梯'是一种身高近30米的巨怪,它一定是'也梯'世界中至高无上的霸主了。"

"有没有雌性'也梯'呢?"哈尔问。

"有,我们可以称之为'女也梯',它们对孩子很友好,但对我们的猫、狗、猪却不客气。"

孩子们不停地东张西望,希望能发现一只"也梯"。

哈尔说:"店主告诉我们,'也梯'是看不到的。"

"对那个店主来说,它们是虚无缥缈的,但喇嘛们却能看到'也梯',有时像你们这样的好心人也能看到。住在前面寺院里的一个喇嘛就看到过一只。他被一阵沉重的喘息声和骚动声惊醒了,闻到一股刺鼻的气味,他从敞开的窗户望出去,发现了那只'也梯'。他大声祈祷,'也梯'被吓跑了。第二天早晨,人们发现了雪地上的足迹,和人的一样,但却大得多。

"'也梯'能够随意改变它的身高——一会儿大,一会儿小,可以变到一只甲虫那么大,看起来一点儿都不可怕,等人走到它身边时,眨眼间就会变成一个吃人的巨怪。它会把行人连衣服带骨头一点儿不剩地吞下去,不留任何痕迹。

"有时,'也梯'对人也很好。一位喇嘛曾在山上迷路了,一个'也梯'天天都给他送饭来。后来,'也梯'一连好几天没来,于是那个喇嘛就自己去找饭吃,结果发现'也梯'已经死在一个洞里了。"

维克吓得浑身发抖,像做贼一样东张西望。为了看得更清楚,他把黑色的墨镜摘下来。雪的反光刺得他眼睛生疼,他立刻又把眼镜架到鼻子上。

"它们不会真的对我们下毒手,是不是?"他问。

"噢,不,当然会,"那位谢尔巴人说,"它们会把我们摔到

26 追踪可怕的"雪人"

岩石上,或把我们推下冰缝,埋葬在雪崩之中。还可能把我们困在冰洞里,或使我们得雪盲症,把我们折磨得痛不欲生。即使你受不到这种折磨,光是它们的样子也能把你吓死。"

哈尔怀疑坦巴在开玩笑。他发现维克对坦巴讲述的故事确信无疑。维克觉得自己好像已经被"也梯"的长爪子抓住了。

"别说了,"哈尔对坦巴说,"他快要被吓死了。"

他们事情很多,顾不上想"也梯"的事了。四周传来哗哗的流水声。在炽热的阳光照射下,冰雪开始消融,形成了成百上千的大大小小的瀑布。有的瀑布落差太大,水还没有落到底,就变成了一片水雾。

他们避不开这些溪流,如果跳不过去,就得蹚过去,虽然溪流不太深,但也没过了他们的靴子。

他们遇到了一群正在嬉戏玩耍的动物,这群动物从一个雪坡上滑下来,借着惯性又滑上另一个雪堆。

"那是什么?"罗杰问。

"水獭。"哈尔说。

"这里海拔3000多米,在这么高的山上不会有水獭。"

坦巴说:"你觉得不可思议吧,其实在海拔4500米的溪水中仍有虾类,海拔5000多米处还有蜘蛛。这里才海拔3000多米,自然会有鸟、麝鹿、野狗、狼、熊、小熊猫、瞪羚、羚羊和大角野山羊,更不用说'也梯'了。我还忘了两种动物——白虎和雪豹。"

"那两种动物我们都想要。"哈尔说。

"你难道不想捉住一只水獭吗?"罗杰问。

"不想。这些水獭生活在河里,我们总不能连河一起带走吧,而且父亲也没说过要水獭。"

"它们干吗要滑下去?这样做对它们有什么好处吗?"罗杰问。

"它们只是在消遣。这样滑下来,爬上去,再滑下来,没完没了。"

维克说:"动物总是忙着找食吃,哪还有时间玩呢?"

"不总是那样。"哈尔说,"许多动物消遣只是为了高兴。鸡、狗、虎崽、小熊猫都很会玩——这不只是人类独有的秉性。"

"瞧,那只小水獭骑到大水獭身上了。"罗杰说。

真的,一只小水獭正趴在母亲的怀里,享受着滑雪的乐趣。它们滑下去,再爬上雪堆,然后又滑下去。停稳后,水獭妈妈转过身来,再向雪坡上爬去。但它不会忘记它的孩子。尽管倒挂在母亲身下,小水獭还是紧紧地抓住母亲的长毛。一到达雪坡顶上,它们就立刻溜下来。很明显,它们正在痛痛快快地玩耍,而与觅食毫无关系。

"当然水獭也会饿的,"哈尔说,"当它们觉得饿了的时候,生活在海里的水獭就会潜到海底,捡几只贝壳,然后浮出水面,把贝壳放在肚子上,用两只贝壳互相砸,等贝壳一碎就把里面正蠕动的贝肉吃掉。有时只拾到一只贝壳,它就到处去找石块,然后用石块把贝壳砸碎。我想这些生活在河里的水獭吃贝壳的方法差不多也是那样。"

"真想不到能在这里发现水獭。"罗杰说。

"除了澳大利亚,世界各地哪里有水,哪里就有它们的

26 追踪可怕的"雪人"

踪迹。"

"它们的眼睛多明亮啊!瞧那漂亮的胡须,还有油光发亮的棕色毛皮。"罗杰说,"瞧它们的脚,又宽又大,还长着脚蹼,像船的推进器一样。我想它们是因此才成为游泳能手的。"

"水獭一次能潜泳近500米,"哈尔说,"一小时就能游10千米,速度之快为动物所少有。必要时,它们可以在水下潜四个小时才浮上水面换气。这些小动物十分逗人喜爱,但对它们也要提高警惕,因为它们咬起人来也很厉害。"

"水獭的毛皮值钱吗?"

"一张好的皮可以卖1000美元,甚至更多。"

"但假如所有的河流湖泊都结冰了,它们怎样活下去呢?"

"它们大部分时间都待在洞穴里,洞穴长五六米左右,也许更长一些。如果湖面的冰不太厚,它们就用石块把冰层砸开一个洞,然后潜到水里摸鱼拾贝。如果有人养一只水獭,可以把它训练成捕鱼能手,为他效劳。水獭会用前爪把鱼抓住,完完整整地交给主人。等抓的鱼足够多后,主人会扔给水獭一两条鱼作为对它出色完成任务的奖励。"

那群水獭尽情地玩过以后,就消失在山涧里了。

罗杰说:"我也想坐着那个滑梯风光一下,看看是不是像水獭认为的那样有趣。"

他像一阵风似的滑下来,借着惯性,身子腾空而起,从雪堆上飞了过去。

"太棒了,"他对维克说,"你干吗不试试?"

"那只不过是小孩子的游戏,"维克说,"谁都会玩儿。"

"那好，你去滑一次试试。"

"别烦我，我从不玩儿小孩子的游戏。"

"去试试，维克，"哈尔说，"让罗杰看看，你也能玩儿。"

维克极不情愿地走到"滑梯"的起点。"水獭能办到的事儿，我当然也能办到。"他说完，坐着滑了下来。下滑的速度越来越快，他惊叫一声，站了起来，想跳出"滑梯"，但却被头朝下抛向了雪堆。他像颗流星一样扎进雪堆，脑袋从另一侧露了出来，脚却在入口处乱蹬。

"快把我拉出去。"他尖叫道。

怎样才能把一个人从雪堆里弄出来呢？除了头和脚以外，维克的全身都被雪埋着。哈尔和坦巴拉住维克的头，想把这个尖叫着的家伙拽出来。

"小心点儿，"维克喊道，"我的脖子快断了。"

雪堆里不仅有雪，而且还结了冰。显然在这个冰雪混合体中，维克是无能为力的。然而，这并不影响他的呼喊和尖叫，那声音听起来就像他随时都会断气一样。

"我们得把雪堆劈开，"哈尔说，"拿冰镐来。"

他们抄起冰镐开始在雪堆上刨。

"等一下儿，"维克惊叫道，"你们会把我的脑袋砍掉的。"

可那些人还是刨个不停，好像对维克的脑袋掉下来也满不在乎。他从不用脑子，只把它当作一个装饰品，丢了又有什么关系呢？不过话又说回来，尽管他笨得还不如一只水獭，但终究还是一个人。因此，他们还是要想方设法把他救出来。

维克不再叫骂，他昏过去了。他们终于把他身边的冰雪劈

26 追踪可怕的"雪人"

开,把冻僵的身体抱了出来。他全身像冰一样凉。一位谢尔巴人把自己的睡袋拿了过来。

"把他放到这里面,他会暖和起来的。"

这是那位谢尔巴人做的一件好事儿。睡袋里有虱子和跳蚤当然不能怪他,但整整一个星期维克对此一直耿耿于怀。

昏迷不醒的维克被放在一个雪橇上,一行人继续奋力向山上爬去。

维克渐渐从昏迷中清醒过来,又开始骂人。

"我怎么会在这个肮脏的口袋里?我痒得受不了了。"他在里面扭动着身子,但仍是奇痒难熬。"你们想把我怎么样?你们觉得我的麻烦事儿还少吗?快把我从这鬼东西里放出来。"

他们把睡袋打开,维克爬了出来,他现在不冷了,成百上千的咬人的小虫子使他浑身燥热,却没有使他的脾气变好。他像个醉汉一样跟跟跄跄地走着,每走一步都要嘟哝一句。

山越高,空气越稀薄,吸入的氧气就越少,结果他们都头昏脑涨,但大家都毫无怨言,只有维克一个人感到不满。

他们爬到一块近 10 米高的岩石下。谢尔巴人迂回着爬上岩石,把一个钢锥钉进冰里,然后把一架绳梯系在钢锥上放了下来,使下面的人刚好能抓住。

哈尔毫不费力地顺着绳梯爬上岩石,罗杰也是一样。该维克了,他刚一试,绳梯猛地一晃,他从梯子上摔了下来。

"你们不能弄稳点儿吗?"他埋怨道。

维克真蠢。绳梯是用柔软的绳子做的,每登上一阶都要摇晃一阵,根本就没办法弄稳。亨特兄弟曾经爬到帆船的桅杆顶上,而维克除了会爬到床上以外,别的什么都不会。真是没用,连一根绳梯都征服不了。

"抓结实,"哈尔在上面喊道,"我们把你拉上来。"

维克坐在绳梯的一个环上,像个沉重的包裹一样被拉了上去。

"你们瞧,"他说,"只要知道该怎么干,事情也并不难。"

随着时间的推移,天气也越来越糟。他们已经在云层里穿行,而云彩对他们并不友好。一行人和狂风搏斗着,这场暴风雪对一切都毫不留情。呼吸十分困难,由于缺氧而感到胸闷,个个头痛欲裂。被狂风卷起的雪块像连珠炮一样迎面扑来,打得他们睁不开眼睛。这一切仿佛是可怕的"也梯"蓄意要把他们毁灭。

他们平躺在地上,让暴风雪从他们身上吹过。谁也不说话,因为暴风雪的呼啸声把一切都淹没了。这是"也梯"企图把他们推下山吗?

如果真是那样的话,那么"也梯"失败了。狂风号叫着远去了,包围着人们的云层也开始消散,一缕阳光透射过来。

现在他们可以说话,也能听到别人的说话声了。但除了谢尔巴人以外,其他人都已经筋疲力尽,一句话也说不出来。谢尔巴人对这种磨难司空见惯。他们住在高山上,对高山上稀薄的空气和突如其来的暴风雪已适应了。

刚才想把带来的两个帐篷支起来是不可能的,暴风雪会把它们撕成碎片。

现在,他们吃力地把两个帐篷支了起来,一个是为三个孩子准备的,另一个是谢尔巴人的。

26 追踪可怕的"雪人"

孩子们爬进帐篷,点起油炉,做了一些脱水食物——为了减轻重量便于携带,里面的水分已经被榨干了。

坦巴走了进来,他说:"明天早晨你们是准备继续向上攀登还是返回阿里格尔村?"

"我们打算回去。"维克说。

哈尔对维克说:"如果你想回去就回去吧。你会迷路,死在半路上。我们不打算回村,你难道忘了我们在追踪一些住在高山上的动物?到现在为止,我们连白虎、雪豹或是大角野山羊的影子还没见到。我们来这儿就是为了捉住这些动物,不达目的,我们决不回去。"

维克辩解道:"你们把我塞进那个谢尔巴人的睡袋里,弄了一身虱子,有那些烦人的虫子爬在身上,我怎么能继续向前走呢?我得洗个澡。"

溪流已经远远地落在他们身后,这里根本就没有一滴流动的水。哈尔说:"用雪洗吧,这里到处都是雪。把衣服脱下来,用雪把身上擦干净。"

"但我的衣服怎么办?上面到处都是虱子。"

"这没关系,把它烧掉算了。"

"烧掉,那我穿什么?"

"我们有一些多余的衣服,你可以穿上。那位把睡袋送给你的好心的谢尔巴人已经把他的睡袋连同虱子、跳蚤等一起拿走了。你自己的睡袋已经准备好,什么时候用都行。你应该像个男子汉。如果你喜欢爬山,就会觉得其乐无穷。"

"其乐无穷!"维克叫了起来,"被埋进雪堆里,再用冰镐刨出来；应该有阶梯的地方却要爬绳梯才能上去；在怒吼的暴风中挣扎，还得担心着'也梯'；跳蚤、虱子在我身上乱咬，还得在滴水成冰的雪地里洗'雪澡'；真是其乐无穷！"

"振作起来！"哈尔说，"更艰险的路还在后面。"

27 雪崩

两个孩子还记得父亲曾要他们捉一只大角野山羊。

"大角野山羊是什么样子?"罗杰从未听说过这种动物,"是不是像传说中的独角兽?"

"不,"哈尔说,"独角兽只不过是神话中的动物,而大角野山羊是确有其物。就在这座山上,在怪石峭壁横生的地方,很容易发现它们的踪迹。那是一种真正引人注目的动物,它属于羚羊类,却长着山羊的角。它的眼睛好极了,能在几千米外发现你;嗅觉也很灵敏,在很远的地方就能嗅到你的气味。比起人来,可以说有天壤之别。人只有把鼻子凑上去才能嗅到气味。"

他们已经爬到海拔 5000 多米的高度,谢尔巴人对此毫不在意,但几个孩子可受不了。他们从未爬到过海拔 3000 米以上,现在却突然置身于海拔 5000 多米的山上,个个头痛难忍,脑袋昏昏沉沉,几乎连站在自己面前的同伴都像隔着一层薄纱一样看不清楚,更不用说能发现几千米以外的大角野山羊了。尽管大口地喘着气,但因空气太稀薄,他们仍然感到憋闷。本来可以使用氧气瓶,但他们个个都很自负,谁也不肯吸一口氧气。

"如果谢尔巴人能经受得住考验,我们也能。"哈尔说。

坦巴钻进他们的帐篷,"你们不是想要一只大角野山羊吗?我们上面不远处的岩石上就站着一只。"

27 雪崩

孩子们立刻把所有不舒服的感觉都抛到脑后，争先恐后地跑出帐篷观看大角野山羊。它头上长着两只巨大的角，每只都有一米多长。孩子们被那两只巨角吸引住了。

"它怎么利用它的角呢？"罗杰感到迷惑不解，"两只角都弯向后面，朝后长的犄角怎么能对付其他动物呢？"

"你说得对，"哈尔说，"但大角野山羊对其他动物没有丝毫兴趣。它们只以青草、树木、花和树皮为食。"

"那么它根本就不需要那么大的犄角了。"罗杰说，"看上去那么粗大沉重，干吗还要长呢？"

"我们只能说这是大自然犯的一个错误，也许是大自然为了创造出一种漂亮的动物才让它长的。那两只弯曲的大犄角多漂亮啊！"

"漂亮倒是漂亮，"罗杰说，"但我宁可不漂亮，也不愿长那么沉重的角。"

"它好像并不怕我们。"维克说。

哈尔说："也许它还不知道人类有多么危险，很可能它还从未见过人呢。"

"快瞧，它跳起来了。"罗杰惊奇地喊道，"我敢肯定它一下能从一块岩石跳到另一块岩石上，中间相隔四五米，而且那块岩石仅够它立足。看，它的四只脚稳稳地立住了。嘿，它一定能走钢丝。我从未见过平衡能力这样出色的动物。"

"要想捉住它，"哈尔说，"最好还是用套索。"

他们与大角野山羊之间距离较远，但哈尔技高一等，把套索准确无误地套在了两只大犄角上。由于犄角没有知觉，那只大角野山羊并未意识到自己已经落入别人的圈套之中。但等哈尔开始回收绳子时,它立刻又蹦又跳,拼命向后拽。哈尔使劲把它拉到离自己只有两三米的地方,然后把绳子绑在一根深深钉入冰里的钢锥上。

哈尔对坦巴说:"你和你的手下能不能把它装上雪橇送回营地?"

"可以,"坦巴说,"但现在不行。你感到地震了吗?尽管很小,却预示着几分钟后就会有一场大地震,那可能会引起雪崩。"

"雪崩?"维克吓得声音都颤抖了。他不太清楚雪崩到底是怎么回事,但感到情况不太妙。

坦巴说:"雪崩时,山上的一切都会铺天盖地地滚下来。"

大地震来了,山像打摆子一样颤抖着。上面的积雪顺着山坡轰轰隆隆地滑下来。哈尔和罗杰恰好被一块巨大的岩石挡住,而维克却被卷走了。

维克的前后左右都是雪,被雪裹得严严实实,一点儿气都透不过来。他手忙脚乱地想爬出去,但雪球越滚越大,似乎永远也出不去了。石块飞过来,发出骇人的呼啸声。他时不时地碰到石块上,或者被飞来的石块狠狠地砸一下,或者自己撞到没有滚动的岩石上,使他本来已经很微弱的呼吸几乎要中断了。

他想喘口气,但扑过来的只有雪。他不停地挣扎着想多吸一点儿空气。

忽然,他被一大块冰压得死死的。这时他想起一个故事,有个人也是被困在这样的大冰块下,他用水果刀在冰上挖出一条路逃了出去。但维克没带刀,而且他已经筋疲力尽,剩下的一点儿

27 雪崩

力气根本就不足以用来在冰上打通一条路。

过了一会儿,大冰块从他身上滚了下去,他又开始手忙脚乱地挣扎,但力气已经用完了。他渐渐停止了挣扎,感到死期就要到了。

他从没想到雪会发出那么大的声响。积雪从山上奔腾而下,发出雷鸣般的轰隆声,仿佛是一个庞大的牛群从山上冲下来。大多数时间维克是脚朝上、头朝下,身子不是被压在冰下,就是被裹在积雪里一起顺着山坡向下滚。雪飞进了他的眼睛,他什么也看不见,只觉得一片天昏地暗。

他滚到一个悬崖边上,躺在那里一点儿也不敢动。只要稍微动一下身子,就会滚下峭壁。其实即使是滑到深沟里有什么关系呢?反正都是死,死在峭壁上和深涧里都一样。

雪崩渐渐平息下来,哈尔和罗杰开始寻找维克。他们脚下只有雪,白茫茫的雪,一眼望不到边,其他任何东西都没有,根本就看不到人的踪影。坦巴和他的手下人活了下来,他们都帮着寻找维克。

哈尔的口袋里装着"电子探测仪",是专门用在雪崩后探测被埋在下面的人的,现在用上它了。

哈尔拿着探测仪慢慢向山下走去。如果他的脚下有人,仪器就会发出"嘟嘟"的叫声。雪很松,从山上冲下来时已经碎成粉末状,哈尔在上面深一脚浅一脚艰难地走着。

罗杰紧跟在哈尔身后,坦巴领着一个扛着铁锹的谢尔巴人也跟了上来。他们顺着山坡走了 30 米、60 米、90 米,探测仪仍然一言不发。向山下走了 300 米后,他们不抱什么希望了。但哈尔坚持要继续找，他们又向山下走去，到了4200米高的山坡，站在一个峭壁边上，距涧底有300米。

"恐怕他活不成了。"哈尔说，"如果从300米高的峭壁上滚下去，他必死无疑。"

就在这时，探测仪"嘟嘟"地叫起来。

"他就在这儿。"罗杰喊道。哈尔抓过铁锹挖了起来。探测仪不停地叫着，他越挖越起劲。

终于，铁锹碰到了什么东西，那不是雪，也不是石块。哈尔急切地铲开那个软绵绵的东西周围的雪，直到看清楚是维克·斯通本人，但也许是维克·斯通的遗体。

他的身子一半悬在悬崖外边，紧闭着双眼，脸上没有一点儿血色，被岩石划得几乎认不出来了。

哈尔摸了摸维克的脉搏，他感到极其微弱的心脏的跳动，但这就足以告诉他：维克还活着。

他们把失去知觉的维克从雪里抬出来，几个人用手联成一个担架，抬着他向上爬了900米，回到原来支帐篷的地方。帐篷还在，但已经倒了。

几个谢尔巴人很快就把帐篷支了起来，他们把维克抬进帐篷，放进他的睡袋里。

他暖和过来后，睁开了眼睛。他似乎感到很惊讶。哈尔端着一碗冒热气的肉汤靠在他身边，一勺一勺地喂他，因为这时维克的胳膊还没有恢复知觉。

"是谁把我带到这儿来的？"他问。

坦巴说："你的命是哈尔和那个小探测仪救的。如果不是他，

27 雪崩

你现在还在 900 米下的山坡上。被埋在五六米深的雪下面,你肯定会死的。"

哈尔以为维克会像往常一样骂人,但维克眼里含着泪水,说:"你真是个好人。"

哈尔大吃一惊,把剩下的汤都洒了。

对这场灾难,最能泰然处之的就是那只大角野山羊。它中了麻醉枪,静静地躺在那里。两个谢尔巴人把它装上雪橇运回了阿里格尔村。

其他人向更高的山上爬去,希望能够找到那两种罕见的异兽:雪豹和白虎。

28

雪豹

"今天,"哈尔说,"我们去捉一只雪豹。最好的雪豹生活在中国西藏。"

罗杰的眼睛却瞪圆了,"西藏!这儿离西藏至少有几百千米路。"

"西藏离这儿只有大约三千米,你信不信?"哈尔说。

"不,尊敬的先生,"罗杰反唇相讥,"我决不相信。"

"可这是真的。在那些山峰中间有一条小路通向西藏。当然我们不能亲自进入西藏,因为我们没有护照。但坦巴告诉我,一些生活在西藏的野生动物会越过国境线,溜达到印度这边。这样,我们就在那里等着它们。我们最想捉住的两种动物是雪豹和牦牛。"

"山下的阿里格尔村就有许多牦牛,"罗杰说,"还有许多牦牛牧场,里面到处都是牦牛。谢尔巴人就用它们干所有的农活。"

"你说得对,"哈尔说,"但那些牦牛个头儿很小。西藏的牦牛有它们的两倍大,我们要捉的是那种。咱们兵分两路,一个人去捕捉牦牛,另一个人去追踪雪豹。"

"我去捉雪豹。"罗杰自告奋勇。

"雪豹可不是好对付的。"哈尔说。

"我知道,"罗杰说,"我想带几颗催泪弹,一支麻醉枪,再

28 雪豹

带两个谢尔巴人拉雪橇,万一我们把一只雪豹麻醉倒了,就由他们把它带回阿里格尔村。"

哈尔不愿意让自己的弟弟去和最凶残的野兽——豹子打交道。

"那好吧,既然决心已定,你就去捉雪豹,我设法捉一只大牦牛。"

"我干什么呢?"维克问。

哈尔愣住了,维克主动申请活干还是第一次。

"维克,"哈尔说,"我希望你回到阿里格尔村,看看蓝熊和大角野山羊是不是受到很好的照顾。这些动物很珍贵,我希望总有人守在它们身边,不想让它们受到任何伤害。镇长大概会照顾它们的。"

这样,三个孩子带着各自的任务出发了。

两个谢尔巴人拖着雪橇,和罗杰一起艰难地跋涉到印度和中国的交界处。他们身处海拔 6000 米的山上,那里空气十分稀薄,每走几步,罗杰就得停下来喘口气。他忘了带上氧气瓶。两个谢尔巴人从小就生活在高山上,对高山缺氧已经适应了。

早晨,太阳被云雾遮住了,冰冷的风吹在他们身上。罗杰的脚、手、耳朵很快就被冻僵了,并且还出现了"高原反应"。他摇摇晃晃地倒在雪地上。谢尔巴人想把他扶起来,但被他谢绝了。他咬着牙站起来,继续向前走去。山坡很陡,稍不留神就会滑倒。一旦摔倒,就会滚下数百米,很可能被摔死。

把几个人用绳子连在一起或许更安全些。一个谢尔巴人拿出一条绳子,首先绑在罗杰身上,然后隔过 2 米,绑在另一个谢尔巴人身上，最后以同样的方法把自己和他们连在一起。

这样，如果罗杰滑倒了，两个身强力壮的谢尔巴人就能把他拉起来。他们过于相信自己的能力，鞋上甚至连钉子都不装。罗杰可不敢那么自信，他不仅在鞋底上装了铁钉，而且还带了一把冰镐，不时把它凿进冰里，防止下滑。

忽然，他的身后传来一声惊叫，两个谢尔巴人像火箭一样向山下飞去。

两个人下落的巨大惯性差点儿把罗杰也带下去，多亏他穿着带钉子的登山鞋，并使劲把冰镐凿进冰里，才使他们幸免于难。

就这样，在千钧一发的时刻，他救了两个谢尔巴人的性命。他们爬到罗杰身边，从那时起，对罗杰更加尊敬。他只不过是个小孩子，却十分勇敢顽强。

罗杰对自己的临危不乱感到十分得意，但这个念头只是一闪而过。刚才的骤变把他的墨镜震落在地上，忙乱中又一脚把它踩了个粉碎。仿佛是成心与他过不去似的，一直躲在云层后面的太阳突然放出万道光芒。冰雪的反光箭一般地直射到他的眼睛里，他立刻失明了。有一段时间，他只能坐在雪地上。

等他鼓足勇气把眼睛睁开时，看到的一切都变成了两个，甚至三个。他的脚离他似乎有1000多米远。脑子也不听使唤了，他觉得是在吉尔森林区捕捉龄猴，不对，又好像是在西藏的寺院里观看雪人的遗物。他只能模模糊糊地看到周围的景物，尽管阳光明媚，他却觉得周围的一切都是灰黑色的。

谢尔巴人知道得了雪盲该怎么办。他们用自己的头发遮住眼睛，透过头发间的缝隙看东西，大部分刺眼的反光都能被遮住。

28 雪豹

罗杰的头发不太长,但他还是想方设法弄下几缕来遮住眼睛,立刻就觉得舒服多了。

严寒和他进行着一场奇怪的战斗。起初,他的脚趾被冻得像被针刺一样疼,但渐渐地疼痛消失了,他以为征服了严寒。

实际上他是败在了严寒的手下,他的脚、手和鼻子冻麻木了,已经感觉不到疼痛。等他站起身来想活动一下时,两只脚就像被截掉后换上了两根木桩,一点儿都不听使唤。

谢尔巴人发出一种奇特的叫喊声,听起来和雪豹的叫声一模一样。如果附近有雪豹的话,它会用叫声回答,并朝这边走过来。

这个办法不错,而且成功了。从一块巨石后面传来一声答叫声,随后一只雪豹跃上岩石。

太漂亮了!它与吉尔森林区的豹子完全不同。雪白的皮毛上点缀着几个黑圈,而胡须和胸部是纯白色的。不算尾巴它就有1.5米长,而尾巴也长达1.5米。那条尾巴看起来很像一条大蟒,它和大蟒一样粗,而且从头至尾粗细均匀。拖着那条大尾巴走路一定够累的,但的确显得威风凛凛。

雪豹的腹部没有黑圈,是纯白色的。身上的毛又厚又长又软,在海拔6000米的山上,在滴水成冰的严寒中,这的确是一件难得的皮大衣。

那条巨大的尾巴愤怒地甩来甩去。它听到了同伴的叫声,却看不到同伴的踪影,四周只有这几个傲慢的人。它弓起腰准备扑过去,但就在这一刹那,罗杰抛出了催泪弹。这种武器能把任何活的东西都挡住,不管是动物还是人。雪豹眨着眼挤掉眼泪,吼

28 雪豹

叫着想把烟雾驱散。它摇晃了一下巨大的脑袋,从岩石上飞身跃起,向胆敢向它挑衅的人扑去。与此同时,罗杰开火了,一支短箭正好射到它身上的一个黑圈中,罗杰和两个谢尔巴人迅速躲到一边,等雪豹落地后,人已经不见了,只有一片白皑皑的冰雪。不过它还是发现了躲在一边的几个人,并愤怒地向离它最近的罗杰扑去。他是个孩子,一定最好对付。为了阻止雪豹的攻击,罗杰又扔出一颗催泪弹。这只巨大的雪豹在离它的猎物只有几十厘米远的地方倒下了。

一个谢尔巴人以为雪豹已经睡着了,把一只脚踩到它毛茸茸的身上。这个冒失的举动差点儿送了他的命,雪豹忽然站起身扑向谢尔巴人。如果不是罗杰又射出一支短箭,雪豹早就把他撕成碎片了。催泪弹和麻醉枪并用,才制服了亨特兄弟的最珍贵的战利品。

等他们有十分把握确信那只危险的动物已经睡熟后,才把重达 100 千克的庞然大物抬上雪橇,准备返回营地。过不了多久,这只熟睡的雪豹就会被运到阿里格尔村。

就在罗杰与豹子搏斗的时候,哈尔也找到了他的牦牛。在所有长毛的动物中,它的毛最长,头上的毛一直拖到地上。那只牦牛有近两米高,哈尔估计它有 600 千克重,两只犄角又长又尖,样子怪吓人的。但牦牛不是斗士,犄角只不过是装饰品,而不是武器。

它的脚被盖在瀑布般的长毛里,全身都是棕黑色的,只有口鼻连接的地方是白色的。

哈尔走到它身边,它似乎并不介意。哈尔把它的长毛掀起一点儿,发现厚厚的"大衣"里面还穿着一件毛茸茸的"内衣",既舒适又保暖。

这种野生动物经常是独来独往,从不怕人。它的视力和听力都不好,但嗅觉极佳。显然它对这个人的气味并不反感,而且只要头上的套索不对它造成什么伤害,它也愿意跟着套索走。哈尔把它牵回营地,并立刻毫不费力地送回了阿里格尔村。

维克奉命去了解动物是否得到了很好的照顾,他顺利地回到了阿里格尔村,看到了关在笼子里的巨大的蓝熊和漂亮的大角野山羊。

他追随哈尔和罗杰来到山上,就是为了偷走他们的动物。现在他的机会来了,只要有几个人帮忙,他就能把那两只笼子装上卡车,逃之夭夭。

不知怎么回事儿,他对这个冒险行动失去了兴趣,哈尔派他来照顾这些动物,对他是多么信任啊,维克怎么能再干偷鸡摸狗之类的可耻勾当呢。另外,哈尔还从死亡的边缘救了他一命,他怎么能恩将仇报呢?

以前,维克从没有这种感觉。不管别人帮了他多大的忙,他都认为那是理所当然的,他曾以自己是个无赖而感到自豪。此时,连他自己也不明白为什么会改变原来的想法。

和镇长闲聊了一阵子,知道那些动物被喂得饱饱的,他放心了。经过艰苦的长途跋涉,他回到了海拔 600 米的营地。

29 白虎

孩子们还有一项艰巨的任务没有完成——还差一只老虎没捉住。这只虎当然不是普通的虎,因为他们早就捉住了两只黄皮黑纹的斑斓猛虎。

这些老虎虽然很贵重,但最珍贵的还没到手。那就是富有传奇色彩的白虎。

据说在喜马拉雅山白皑皑的山坡上有时有白虎出没。由于约翰·亨特说过要捉一只白虎,因此在没有完成任务以前,孩子们是不愿回家的。

罗杰已经运回了一只雪豹,哈尔感到身体有点儿不舒服。

"那么让我去吧。"维克说。

"你单枪匹马干不成这件事。"哈尔说。

维克说:"我会尽力而为的。"

哈尔和罗杰几乎不敢相信自己的耳朵。除了偷盗动物之外,维克竟然要求干点儿有意义的事,这真是太阳从西边出来了。

"去试试吧。"哈尔说,"即使失败了也不要灰心丧气。白虎极其罕见,我们也从没见过。"

维克开始寻找白虎。整整一天过去了,连白虎的影子也没有见到。第二天他又找了一天,第三天、第四天……仍然是一无所获。但他没有气馁。哈尔救了他的命,他一定要为哈尔捉住一只白虎。

一天,他路过一个石洞时,听到洞里传出一种奇怪的喘气声。

他停住脚,向洞里张望。开始什么也看不见,因为他的眼睛被冰雪的反光刺得快要瞎了,但他的耳朵还管用。巨大的咆哮声似乎把整个山洞都震得发抖。

维克有点儿害怕了。要是能找到一棵树或一丛灌木躲起来就好了,但是这么高的山上连根树枝都见不到。于是他只好站在原地不动。

他的眼睛逐渐适应了洞里的黑暗环境,看到了他一直寻找的动物——一只巨大的白虎。他听说过世界上最大的虎是西伯利亚虎,身长可达四米多。眼前这只虎即使算不上第一,至少也能数第二。多么珍贵的战利品,如果能捉住它的话。

这只奇异的动物皮毛是白色的,上面长着黑色的条纹,而不像大多数虎那样长着黄皮黑斑纹。

随着眼睛越来越适应黑暗的环境,他看见五个小东西围在那只猛兽的脚边。它们是白虎崽,那个大的一定是它们的母亲。当遇到危险时,虎妈妈会不顾一切地保护它的孩子们,甚至搭上自己的性命也在所不惜。

维克此时最安全的办法就是悄悄地溜走。可他又不愿失掉这个能把雌虎和幼崽一网打尽的天赐良机。幼崽和它们的母亲一样珍贵,它们之中很可能既有雌性又有雄性,这样白虎就能在约翰·亨特的野生动物基地中繁衍生息。因此五个幼兽个个都是无

29 白虎

价之宝。

老虎很少攻击人，除非它们受到伤害。由于维克站着不动，因此虎妈妈只是虎视眈眈地瞪着他。

身后又传来一声咆哮，维克想逃跑，但又咬着牙把恐惧心理压了下去，努力保持着镇定。另一只老虎从他身边走过，钻进洞里。它一定是那些幼虎的父亲，但干出的事儿却不是作为父亲的应该干的。尽管虎妈妈咆哮着抗议，它还是咬住一只小虎崽吞了下去。

哈尔说过这类事情有可能发生，虎爸爸常常把它的亲生儿女吃掉。它好像忘记了自己是一位父亲，但虎妈妈却从未忘记做母亲的职责。那只雄虎似乎还没吃饱，又准备把另一只虎崽也吃掉。

不能让它再逞凶，维克把一颗催泪弹扔到它的脸上。那只老虎立刻打消了继续吃午餐的念头，仓皇地逃跑了。

虎妈妈十分感激地看着维克，如果它能开口说话，一定会说："谢谢你。"

维克头一次注意到虎妈妈只用三条腿站着，它抬着另一只爪子迟迟不敢踩到地上，好像一踩下去就很疼似的。是踩上了荆棘，还是被豪猪刺伤了？

维克缓缓地走进洞，每走一步都要停一会儿，以便使老虎习惯他的出现。他走到虎妈妈身边，站在虎崽对面，仔细察看那只抬起的爪子。

虎妈妈发出了低沉的吼声，但并没有像发怒那样咆哮。也许它觉得救了它的孩子的人总不会是居心不良吧。

29 白虎

维克蹲下身,仔细地检查着那只受伤的爪子,上面没有荆棘,也没有豪猪刺,而是一个深深地扎进肌肉里的箭头。

维克轻轻地把那只爪子抬起来,拔出了箭头。虎妈妈转过头来看着他,又流露出感激之情。它甚至说话了,先说"噢",又说"哦"。维克对老虎的语言一窍不通,但他知道这是在感谢他。

它用舌头舔着它的四个孩子,就像一只家猫一样。

维克壮起胆子准备完成他艰巨的任务。他把四只幼虎抱起来,分别放在两个袋子里。虎妈妈焦急地吼起来,但它怎么忍心扑向这么一个好心的朋友呢。维克慢慢地向洞外走去,虎妈妈紧跟着他,一直来到了营地。

几个正在值班的谢尔巴人看到了向他们走来的猛虎,赶紧蹿进自己的帐篷,并把进口封得死死的,为的是把那个吃人魔王拒之门外。哈尔和罗杰跑出帐篷,维克把事情的经过对他们讲了一遍。他们把老虎麻醉后,和袋子里那几只小老虎一起坐着雪橇回到了阿里格尔村。

哈尔紧紧地抱住维克说:"从今以后,你就是我们的兄弟了。"

"我正求之不得呢!"维克说。

后来,哈尔悄悄地把一张 250 美元的支票塞进维克的口袋里,作为对他的五只珍贵猎物的报答。

30

"雪人"之谜

捕捉动物的任务已经胜利完成了,孩子们和谢尔巴人返回了阿里格尔村。

他们还有一件事儿要做。约翰·亨特请他们调查一下雪人的秘密——学术界称它为雪人,而山里人叫它"也梯"。

"我们要调查的主要问题是,"哈尔说,"雪人是否真的存在。是确有其物,还是人们想象中的怪物?大多数山里人都相信雪人的存在。在加德满都,人们都说真有雪人。不丹的四周被喜马拉雅山包围着,那里有许多关于这些幽灵般的动物离奇的传说。雪人在不丹被称为'国宝',他们甚至还发行了一枚雪人邮票。"

"如果人人都相信,那一定是真的了。"罗杰说。

"不一定,"哈尔说,"从前所有的人都认为地球是方的,但他们全错了。即使在这些国家里,仍然有一些人不相信真有什么雪人。我想那个店主就是一个,寺院的住持也不相信。他们想兜售给我们的那些雪人的遗骸、头皮、胳膊,还有雪人的尾巴,等等,可能不是真的,也可能与雪人有关,现在我还不清楚。我们得把这件事搞清楚。首先咱们去调查一下那个想把所谓的雪人头皮卖给我们的店主。"

他们走进店门,店主热情地迎了出来。

"啊,"店主说,"你们是回来买雪人头皮的吧?"

30 "雪人"之谜

"嗯,"哈尔说,"我们一直想着它。但我想先请你到镇长的花园里看看我们放在那里的动物,我想你会很感兴趣的。请带上那个雪人头皮。"

店主把他的妻子找来照顾着小店的生意,自己跟着孩子们去观赏优美的白虎和它的幼崽、漂亮的雪豹、大角野山羊、西藏牦牛,最后又参观了那只蓝熊。看完后,店主感到非常满意,这些异兽使他惊叹不已。

"现在该回过头来谈谈雪人头皮的事了。"他说。

"把它给我看看。"哈尔说。

那只蓝熊正躺在笼边,一些头毛从铁丝缝里伸出来。哈尔把那张毛茸茸的头皮和蓝熊的毛放在一起。

"你看出有什么名堂吗?"他问店主。

"什么也看不出来。"店主答道。

"你难道没看出来这张头皮上的毛和蓝熊的毛一模一样?"

"嗯,既然你这么说,那就算有点儿像吧。"

"不只是有点儿像,"哈尔说,"它们完全一样。换句话说,那张头皮就是蓝熊皮,根本就不是雪人的,而你却想高价卖给我们。"

店主充满了歉意,"我怎么会知道那张头皮是从蓝熊身上扒下来的呢?卖给我的那个人说它货真价实,谁会想到他是个骗子呢?"

哈尔真想说:谁知道你是不是骗子呢。但他只是冲店主笑了笑,又把那张头皮还给了店主。

"先生,"那位"绅士"说,"请您千万不要把这件事儿告诉任何人。"他捧着那张冒牌的雪人头皮回店了。

孩子们走进客厅向镇长道谢。他曾经精心地照顾过他们的动物。哈尔给了他一大笔钱,这是他第一次见到这么多钱。

"为你们服务我感到很高兴,"镇长说,"这是我们的义务。我们还愿向我们的客人提供一些雪人遗骸。"说着,把"遗骸"摆在地板上。

两位年轻的自然学家仔细地审视着那些东西。一件被镇长称为雪人胳膊的东西实际上是喜马拉雅熊的后腿;"雪人的手掌"实际上是一只黑熊的熊掌;那块被当作雪人皮的漂亮的白色东西倒的确是一块毛皮,但却是雪豹的。

两位"侦探"离开镇长家,找到了他们的朋友——寺院的住持。哈尔问:"当你透过窗户看到雪人时,你拍照了吗?"

"没有,"住持说,"还没等我把相机拿出来,雪人就不见了。"

"你见过雪人的照片吗?"

"从没见过。但在加德满都出版的《雪人》杂志上,我看到过一个瑜伽师写的文章,说他曾经拍摄过一张雪人照片。许多人到他家想看看那张照片,但不管人们怎样恳求,他都不答应。他总是对来人说他正在练功,不能受到干扰。"

"但我不明白,"哈尔说,"他拍摄的照片为什么不和文章一起发表。他的文章是怎么写的?"

"文章说,在一个大雪纷飞的日子里,他碰到一个雪人……对了,我还保存着这篇文章。你们自己读读吧,是用英文写的。"

哈尔和罗杰阅读着那个名叫纳斯的瑜伽师的文章。文章是这

30 "雪人"之谜

样写的:

> 万籁俱寂。我正在祈祷。忽然,我看到了有生以来最难忘的景象。我知道那是"也梯",也就是那种我们多年来一直谈论的神奇的雪人。我惊呆了。当它走近时,一直望着我所在的方向。它不住地点着头,走起路来不知是在跳还是一瘸一拐的。然后雪人就离去了,消失在半山腰的云雾中。在它离去之前,我拍摄了一张照片。雪人走后,我的同伴围到我身边,他们惊讶地发现我处于一种迷茫的状态。我指着雪人离去的方向,但我的朋友们说他们什么也看不见。那种生物有两米多高,壮得像头牛。我记得它的胳膊很长,脖子很短,长着尖尖的脑袋,全身都覆盖着长毛。它没有尾巴,留下的脚印大得惊人。

但瑜伽师提到的那张照片没有和文章一起刊登出来,而且谁也没见过。

哈尔怀疑整个事件都是瑜伽师"练功"时凭空想出来的。

喇嘛也有雪人遗骸,而且也愿以高价出售。瑜伽师已经说过雪人没有尾巴,但喇嘛却一口咬定他遇到的那只雪人的确长着尾巴。不信?这里就有。他把一条尾巴放在地板上。哈尔拿起来检查了一下,认出这是一条龄猴的尾巴。

喇嘛又拿出其他东西,声称都是雪人身上的——头皮、牙齿、骨骼、爪子、胳膊和腿。

他还说他有一张完整的雪人皮,不愿出售,但花1000卢比看一看还是可以的。

哈尔猜到了他不愿卖掉的原因：他可以一次又一次地让人参观，每次都能赚1000卢比。

"我们怎么见不到雪人的头骨？"哈尔问。

"这种东西不多见，"喇嘛说，"我这里有两个保存最完整的。"

他拿出头骨。哈尔一眼就看出来了，一个是狗的，另一个是大猩猩的。

下一件放在他们面前的东西是一颗巨大的牙齿。喇嘛告诉他们，一个患牙疼的雪人把这颗牙齿拔下来扔到了雪地里。它的价钱是200美元。

"太有趣了。"哈尔说。他不愿点明这不过是一颗喜马拉雅熊的牙齿，"我很想把它买下来，但价钱太贵，几乎和我们把所有的动物从这儿运到纽约的运费一样高。不过如果你同意我们在这儿住几个晚上，房费我们还是付得起的。"

"没关系。"喇嘛说。他把所谓的"货真价实的雪人遗骸"收藏起来，然后说他该去打坐了，就离开了屋子。

也许他是去考虑怎样才能说服这些孩子，使他们相信雪人确实存在，而不是臆造出来的。

两个年轻人穿过村子，他们又看到了那间店铺门外的1.5米长的大脚印。这使他们想起在爬山的时候也见过这种大脚印。人们都说这是巨大的雪人留下的。

"这是怎么回事儿？"罗杰问，"这些脚印怎么那么大？"

"这并不神秘。"哈尔说，"假如你在雪地上踩一个脚印，过

30 "雪人"之谜

几天再来看看,就会把它想象成一个怪物留下的。"

"但它怎么会变得那么大呢?"

"是太阳。经过几天强烈的阳光照射之后,脚印的边缘就会融化,看起来就像一个巨怪留下的。不信你试试看。"

罗杰真的做了个试验,果然如此。阳光使脚印扩大了许多,以至于迷信的山里人很容易就会联想到是雪人的足迹。

现在,孩子们可以向父亲汇报了:雪人的存在没有科学依据,尽管大多数喜马拉雅山上的居民都信以为真。

31

高山造就的男子汉

在一间简陋的电报电话局里,哈尔向新德里预订了五辆卡车,以便把他的动物运到孟买,然后装上开往纽约的"地平线号"货船。他还给父亲发了一封电报:

请告诉我,您是否收到了我们发回的第一批动物。第二批将随"地平线号"货船到达纽约,包括一只蓝熊、一只大角野山羊和一只雪豹,这是罗杰捉住的。还有一只白虎和四只虎崽,是维克·斯通捉住的。

两天以后,他收到了父亲的回电:

你们真使我惊奇。我们已收到你们发来的第一批货物,现在又发出了第二批。我要你们捉16只动物,而你们却运来25只。你的朋友维克·斯通一定是个地道的男子汉——不仅捉住了罕见的白虎,而且还有四只小虎崽。这样,白虎家族就能在动物园里繁衍生息了。干得不错,祝贺你、罗杰还有斯通。你们现在最好赶回来,学校快开学了。

31 高山造就的男子汉

哈尔对罗杰说:"父亲对维克的评价是正确的。雪山把他改造成为一个真正的男子汉。他经历的无数磨难,使他坚强起来了。艰苦的攀登,爬绳梯,差点儿被怒号的暴风雪冻死,在谢尔巴人的睡袋里弄了满身跳蚤和虱子,被咬得到处都是疙瘩,被迫在冰天雪地里洗澡,最糟糕的一次是被雪崩掩埋,几乎送了命。后来又完成了捕捉白虎和幼崽的困难而危险的任务——这一切把他从一个没用的小偷变成了一个真正的男子汉。"

"还有一件事儿,"罗杰说,"你把他从雪下挖了出来。他以前从不感谢你,而现在却愿为你赴汤蹈火。"

没想到,不过半小时,他们的话就被维克的行动证实了。

"卡车还没到,"哈尔说,"咱们先出去观赏一下冰川吧。村外不远就有一大块。"

他们找到维克,三个人一起去观察冰川。罗杰一直以为冰川非常光滑,没想到这块冰川上有许多巨大的裂缝,人们叫它冰缝,这些冰缝使得在上面行走变得十分危险。有的冰缝深达30米。他们来到了一个架着冰桥的冰缝边。

"我们能过去吗?"罗杰说,"也许它会被我们压断的。"

"我试试。"哈尔说。

他踩到"桥"上,"我想它经得住。"他说着,十分谨慎地向另一头走去。

当他走到"桥"中间时,传来一阵断裂声,冰桥塌了,哈尔笔直地掉进30米深的大裂缝里。

幸好,冰缝底下的岩石上覆盖着厚厚的积雪——但雪冻得很硬,哈尔"砰"的一声摔到上面,立刻就失去了知觉。他像死人一样躺在那里，双眼紧闭，手脚一动不动。罗杰和维克喊着他的名字，但没有回答。他已经昏过去了。从30米高的地方摔下去，身体再健壮，也难免一死。

"绳子！"维克焦急地喊道，"我们得找条绳子。"他飞快地跑回村里，几分钟后便拿着绳子，领着几个谢尔巴人赶来了。

如果哈尔能抓住绳子，他们就能把他拉上来。他们把绳子放下去，绳头碰到了哈尔的身子。他们呼喊着，希望他能苏醒。但哈尔摔得太重，已经失去知觉了。

"我下去！"维克说，"我去把绳子系到他身上，你们把他拉上来。"

"不能那么干。"罗杰说。但此时的维克已今非昔比，他成了一个真正的勇士。他顺着绳子溜下冰缝，落在哈尔身边。他摸了摸朋友的脉搏，脉搏微弱地跳动着。"他还活着。"维克冲上面的人喊道。他把绳子绑在哈尔的腋下。

"拉上去！"他喊道。

罗杰和谢尔巴人小心翼翼地把哈尔从两个冰壁中间拉了上来，虽然脱离了险境，但他还是昏迷不醒。

在这种情况下，维克被遗忘了。罗杰竭尽全力使他哥哥复活，谢尔巴人用他们传统的方法进行急救。终于，哈尔睁开了眼睛。

"出了什么事？"他问。

"你把我们吓坏了，"罗杰说，"我们以为你死了。"

"废话，"哈尔说，"你干吗想到我死了？"

"你难道忘了？你掉进了冰缝。"

31 高山造就的男子汉

"这不可能。"哈尔生气地说。

"你想从那座冰桥上穿过,结果桥断了,你就掉下去了。"

"那我是怎么到这儿的呢?"

"是维克下去把你绑在绳子上,我们把你拉上来的。"

哈尔向四周望了望,"维克在哪儿?"

他们这时才想起了维克。此时,他还在深深的裂缝底部,正躺在雪上。

他们又一次把绳子放下去,维克想把它系到自己身上,但很困难,因为在这个巨大的冰库里,他的手指早已冻僵了。

维克被拉出冰缝,看到哈尔丝毫无恙地站在上面,高兴极了。他伸出一只冻僵的手,哈尔紧紧地抓住了。

"看到你还活着,我太高兴了。"

"如果不是你救了我,"哈尔说,"我现在已经被冻成冰柱了。"

第二天,卡车到了。生活在喜马拉雅山上的动物们开始了前往野生动物基地的旅途生活。

32

父子重逢

维克被送到医院接受治疗。

他之所以筋疲力尽,不仅是由于他救了哈尔,而且还由于捕捉那只巨大的白虎时的高度紧张,特别是他被活埋在雪崩下,差点儿死去。

"你得了肺栓塞。"医生说,"病情很严重。"

"那是一种什么病?"罗杰问。

"肺内积水,使氧气很难输送到动脉血管里。"

哈尔护送维克来到医院后,亲自把他安置在病床上,然后给维克的父亲,住在克里夫兰的罗伯特·斯通发了封电报:

> 您的儿子病得很重,现在住在新德里医院。他不再是您记忆中的维克了,他已经变成了一个值得您爱的人。他救过我的命,只有您才能救他的命。

两天以后,维克睁开眼睛,看到他的父亲正站在床边。维克曾经想到过死,但现在却开始考虑怎样才能活下去。

"爸爸,"他说,"您千里迢迢赶来就是为了看望我。我以为您把我像一件棘手的工作一样抛弃了,现在我一切都明白了。我会好起来的。"

32 父子重逢

"当然，你会的。"罗伯特·斯通说，"我在这儿等你康复，然后咱们一起回家。没有你，我感到很孤独。"

在一位英国医生的精心治疗和父亲的鼓励下，维克很快就恢复了健康。父子二人回到了俄亥俄州克里夫兰市帕克伍德大街的家中。

维克从前是个吹牛大王，但现在对自己在喜马拉雅山上的历险只字不提，而对哈尔的勇敢顽强却大加赞赏，"他和他的弟弟真是了不起的英雄。"

实际上他自己也是英雄。他父亲想：维克[①]——胜利的缩写。他战胜了自我。

哈尔和罗杰回到家，他们的父母和朋友们为两位凯旋的勇士开了一个欢迎会。他们又见到了那些被他们活捉的动物。要知道，活捉一只动物比开枪打死它要困难得多。

[①] 维克：Victory（胜利）的缩写。——译者注